永远的文学

王蒙 勒·克莱齐奥 对谈录

人民出版社

...和社会主义义乙的种汗怎样哺育了一代人的成长
...真理的种子。在青春文学领域，王蒙先生起到了
...风向标性质。

2019 年 3 月 17 日，王蒙（右）和勒·克莱齐奥（左）在电子科技大学作"大师对话：永远的文学"的讲座。 李欧 摄

讲座现场的王蒙

讲座现场的勒·克莱齐奥

2019 年 3 月 16 日，王蒙在宜昌市图书馆作"永远的文学"讲座

2019 年 3 月 16 日，王蒙为宜昌的三游洞景区题字

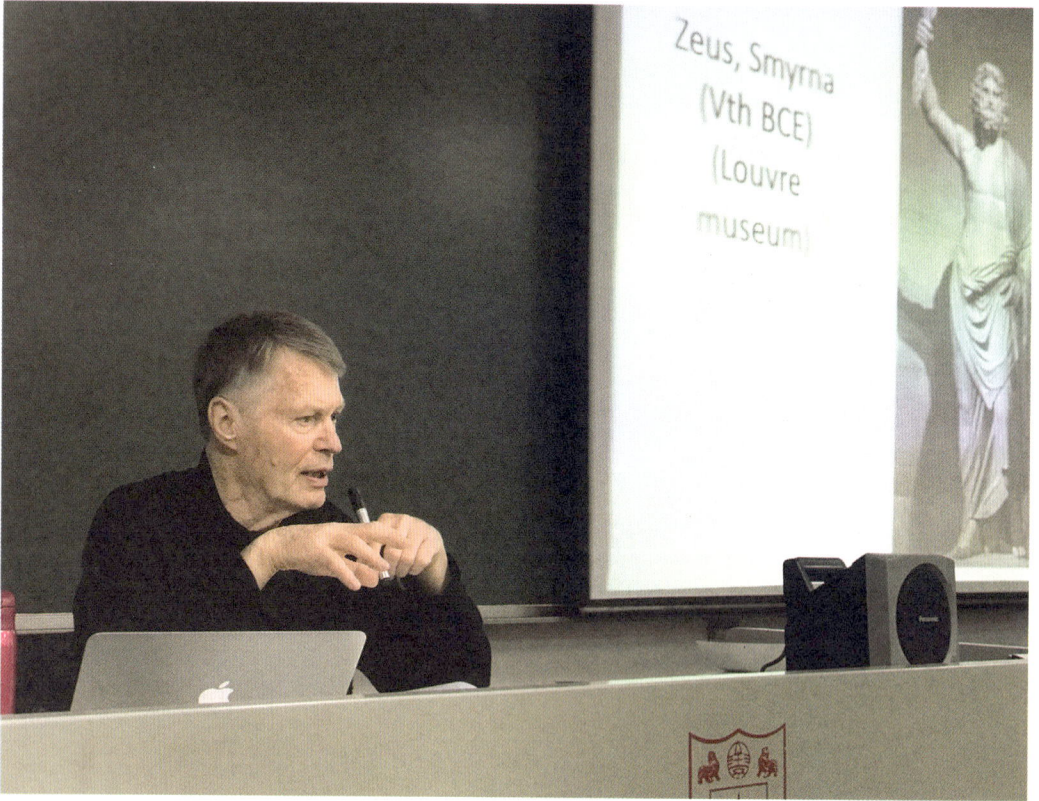

2019 年 3 月 17 日，勒·克莱齐奥在电子科技大学作"当前时代的诗歌创作"的讲座。

2019 年 3 月 18 日，勒·克莱齐奥在西安游览

2018 年 9 月，王蒙与夫人单三娅在地中海上。　胡军　摄

出版说明

2019 年 3 月 17 日，王蒙与法国作家勒·克莱齐奥在中国成都电子科技大学做了主题为"永远的文学"的对谈。他们一位是中国的文学大家，原文化部部长，"人民艺术家"国家荣誉称号获得者，一位是法国的诺贝尔文学奖获得者。他们以对文学独到的理解和对人生深刻的体悟，为大家献上了思想的盛宴。本书以这次对话为主要内容，同时收录了 2019 年 3 月 16 日王蒙在宜昌市图书馆作的题为"永远的文学"的演讲、3 月 17 日勒·克莱齐奥在电子科技大学作的题为"当前时代的诗歌创作"的演讲等相关内容，以《永远的文学》为题将这些内容合集出版，以飨读者。

人民出版社

2019 年 9 月

目 录

永远的文学

——王蒙、勒·克莱齐奥对谈

（2019 年 3 月 17 日）

主讲人

王蒙：原文化部部长、茅盾文学奖获得者

勒·克莱齐奥：2008 年诺贝尔文学奖获得者

主持人（胡杰辉）：欢迎两位著名的嘉宾。文学是永恒的主题，首先能否请两位给文学下一个定义？

勒·克莱齐奥：首先，我要感谢电子科大的邀请。我非常荣幸能来这里与王蒙交流，讨论关于文学的有意思的话题。我想做一个简短的定义，因为我不太会表达太大、太复杂的观点。我妻子建议我谈一些特别的东西。文学包含小说或者诗歌等，我们可以将文学划分为两个类别，一类可以称为开放之书（Open books），另一类可以称为封闭之书（Close books）。我的意思是，有一些书是开放

1

的，这些书邀请我们展开旅行，邀请我们走出自我，去看不同的世界，与不同文化、不同民族相遇，与他者交流。这些就是开放之书。不同语种里有各种不同的开放之书。我自己脑中想到的开放之书的例证就是塞尔玛·拉戈洛夫的《尼尔斯骑鹅旅行记》，是一本非常精彩的书。我也想举塞万提斯的《堂吉诃德》为例，一位西班牙作家。然后我想提一下中国作家，吴承恩，写了《西游记》。这些都是开放之书，因为作品写的是外在的历险，书写走出自我。其他书属于封闭之书，这些书探讨我们每个人深层的内在。或许最好的例子就是卡夫卡。卡夫卡不将读者引向外部，而是引向内部。不过很多乍一看觉得是开放之书的作品，同时也是封闭之书。曹雪芹的作品就是一个很有意思的例子。他所呈现的东西是一场历险，比如他写爱情，写各阶层的人。但同时，他也写宝玉和黛玉之间的爱情，在某种程度上，是对内在和灵魂的探索，对人类弱点的探寻。曹雪芹通过描述梦，让我们在另一个世界、另一种想象里遨游。这样的开放之书也同时是封闭之书，有时两者可以交汇。这就是我对文学的定义，谢谢。

主持人：非常感谢。从开放之书和封闭之书这一维度来看，的确非常吸引人。在开始深入探讨这一话题之前，我们先有请王蒙先生谈一谈他对于文学的理解。

王蒙：我仅仅说一下，对我个人，文学意味着什么。第一，文学是我给这个世界写的情书。因为，这个世界很可爱。这个世界虽然不完美，但你又喜欢她，又惦记她，你觉得有很多的话想对她说。第二，文学于我而言，意味着对死神的抵抗。因为，或者长一点，或者短一点，死神终会到来。我已经85岁了，但是呢，我想，我还要创造另外一个"王蒙"，就是我的书。我的书呢，希望它不会太快地随着我的生命而死亡。这样，它还会和大家说话，还会有自己的声音，会有自己的遗憾，会有自己的懊悔。但是，也有自己的骄傲和快乐。第三个意义呢就是，还有这么多朋友，这么多读者，包括电子科技大学的一些学工科的同学们。我应该对你们有点贡献，我希望我的大量作品中，至少有一小部分能引起你们的兴趣。也许，能对这个世界变得更好，多少起一点作用。所以，文学对我来说，非常重要。文学，是我活下去的一个重要的理由。

主持人： 非常感谢王蒙先生。您给了一个非常好的对文学的定义。您将文学提升到了生与死的层面，也正是因此，我们需要文学。您还将文学与电子科技大学的同学们联系起来，您希望自己的作品能对学生和世界都有所贡献。非常感谢。你们两位已经对文学作了两个不同定义，我们能从中看到东西方理解的差异，视野的差异。那么，让我们直接进入这个主题。勒·克莱齐奥先生和王蒙先生，今天坐在一起。我们看到两位代表东方和西方的大师坐在一起，谈他们对文学的不同理解，展现不同的维度。那么，你们是如何看待这个问题呢，

△ 2013 年 9 月 27 日至 10 月 27 日，《青春万岁——王蒙文学生涯六十年》展览在北京国家博物馆举办。图为王蒙作品。

我们对话的意义，也就是邀请分别来自东方和西方的两位大师，坐在一块儿分享对文学的理解。先有请勒·克莱齐奥先生。

勒·克莱齐奥：首先，我想强调东方和西方之间的差异其实参照的是地图的画面。这种差异是人为因素造成的，因为当人处在世界的某个地方，总归是在另一地点的东方或西方。东方和西方不应该只是地理概念，应该有其他含义。那么东方西方到底有何意义，我更乐意用亚洲或其他表达，用国别来区分，而不是东方和西方。因为在西方有相对的东方，在东方也有相对的西方。所以对我来说，很难给出一个什么是东方、什么是西方的定义。当然两者之间有差异，比如你在北京长大，那就会跟在伦敦长大的人完全不同，这很显然。其中有文化的差异，宗教信仰的差异，哲学思想的差异。众所周知，在亚洲，尤其是东亚，在中国、日本、韩国，哲学思想对人的生活影响颇大。然而，近来在世界的另一端，在欧洲，哲学似乎被忽视了，人们更注重物质，注重健康快乐，而非哲学。我觉得，这可能就是差异。当然，这是文化差异所导致的。中国文化强调道德，强调伦理，还有文学特质。而相对的，信仰基督教的文化注重个体性，关注人是否快乐，死后是否能上天堂。这些才是主要的问题。或许这两种文化的差异，也就是欧洲文化和亚洲文化的差异，就在于哲学对于人的生活所具有的意义。我们可以看到，在中国，哲学时至今日都在生活中具有重要的价值。这一点我非常欣赏。

主持人：非常感谢。那么，下面有请王蒙老师，来跟我们分享他对这种差异的看法。

王蒙：我听到这个题目的时候，我的第一反应，我想说，东方的和西方的，中国的和法国的，对于文学的喜爱，对于文学的理解，首先是相同的，不是不同的。莎士比亚的戏剧，在中国也曾经用京剧和黄梅戏表演过。但是，我在这儿说，没有关系。当英国女王1986年来中国访问的时候，根据我的建议，给他们演出了一段黄梅戏的《无事生非》。但是，女王的先生在看这个戏的时候睡着了。它有不同，不是因为戏的关系，不是因为文学的关系，而是因为音乐和语言的习惯有差异。再有呢，法国的那么多作品，中国人都读得很投入，比如说雨果，比如说巴尔扎克，比如说莫泊桑，比如说梅里美。尤其是雨果的《悲惨世界》，在中国"文化大革命"刚刚结束的时候，《悲惨世界》突然火了，简直是供不应求，因为大家从《悲惨世界》里的那个警察沙威身上体会到了一些和自己的经验很接近的东西，体会到世上有这种丑恶的人，中国有，法国也有。我想起我阅读《悲惨世界》是在10岁的时候，当时还是在日本占领军的控制下。我在一个小小的图书馆里，读《悲惨世界》的开头。一看这开头，就完全被迷住了。由于是冬天，当时能源供应没有保证，炉火熄灭了，屋里冷得不得了，再没有一个人在那儿读

△ 1987 年王蒙在意大利接受蒙德罗国际文学奖，右为意大利文化部部长。

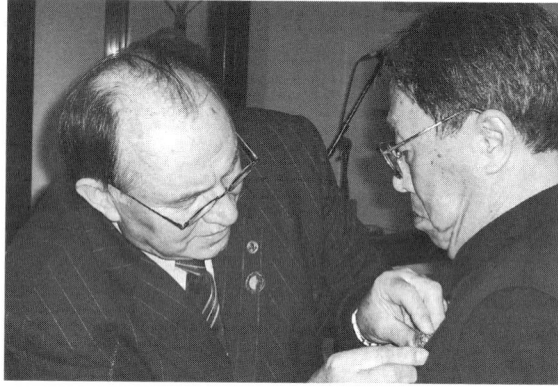

△ 2004 年 11 月 17 日，俄罗斯科学院远东研究所学术委员会主席季塔连科代表科学院授予王蒙名誉博士学位。

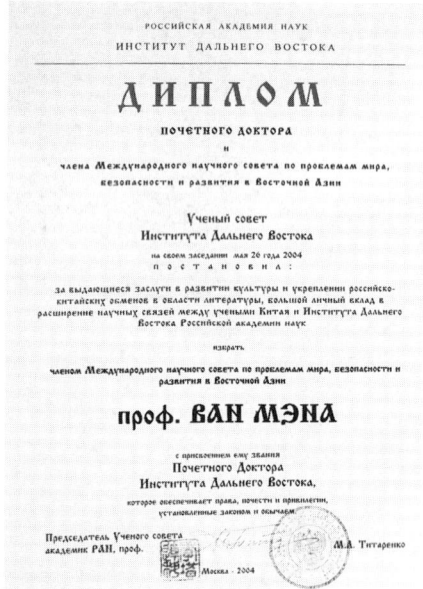

△ 王蒙在俄罗斯科学院远东研究所获得的名誉博士学位证书。

书了，就我一个人。有一个老先生，还有一个年长的女性，在那儿值班。他们就看着我，希望我早一点走，他们就可以下班。我只好提前走了。法国的作品极大地感动过中国读者的心。但是，中国的作品能不能同样也感动这些欧洲国家的读者？慢慢来，不着急。肯定会有那一天。如果我们在座的人写出好的作品来，就更好。如果你写的不好，人家不买，那也不必太在意，随他去吧。

主持人：谢谢王蒙先生。的确，相似性是大于差异的。现在，我们想谈一谈目前文学领域中最能引起读者兴趣的话题是什么。其实，现在的读者，新生代的读者似乎并不那么容易被打动。所以，勒·克莱齐奥先生，您可以谈谈对于这个话题的看法吗？您是如何让您的作品深入新生代读者的心的呢？

勒·克莱齐奥：这是个很有意思的问题。我不确定我能回答。答案应该在作品的通途功能上，书要有用才行。那么如何吸引年轻人读书，这很难说清楚，因为年轻人读的书可能是父母买的，而他们则具有新的生活方式，或许这些书对他们来说太老了。很多书是几百年前的作品，写下来的词语很可能非常生僻，或者还有其他原因，比如作品本身过时了。但是我们要非常清醒的是，这也算是我要传达给年轻人的讯息：哪怕在最古老的作品中，你们也可以发现一些新的东西。我认为没有什么古典作品和现代作品的区分。你们可以将李白想象成他那时的现代诗人。他并非一直被视为古典诗人。

在他那个时代，他就是现代诗人。所以，我们要搞清楚什么是现代的，搞清楚古代作品向我们传达的是什么。当然，作家不能重复其他作家已经写过的东西。如果我要写闲游与饮酒，我不能直接写四言绝句，因为李白已经写过了。而且他肯定比我写的要好。所以我必须寻找其他途径去写作。我认为生活中还是有主题可写的，就像王蒙先生提到的，还有很多相同的主题。所以，我们要明白这一点，我们要寻找在旧的东西里面有什么是新的，有什么是可以与年轻人分享的。这可能是一个要向学校的教师和所有媒体提出的问题：怎样让书籍吸引年轻人，如何向他们展现书中具有魅力的东西。那么书中到底有什么是具有吸引力的呢，我觉得很可能是关于爱的讯息。我们要这样有意识地去读书。比如我读杜甫的诗，他生活在很久以前，应该是公元八世纪，你们想象一下，非常古老，那可是一千多年以前。他谈到战争，谈到战争带来的悲剧，非常可怕。任何接触过战争的人都能理解。如果你们读过《石壕吏》这首诗，就会了解这位老妇人的悲剧，她试图阻止差役将自己的丈夫捉走服役去打仗。她说，换我去吧，我可以给你们备晨炊，但是不要带走我丈夫。他是家里唯一的男人。我的儿子死在了战场上。

△ 2008 年，勒·克莱齐奥获诺贝尔文学奖。

△　2015 年，勒·克莱齐奥在三峡神农溪。（拍摄：陈默）

石 壕 吏

唐代　杜甫

暮投石壕村，有吏夜捉人。

老翁逾墙走，老妇出门看。

吏呼一何怒，妇啼一何苦。

听妇前致词，三男邺城戍。

一男附书至，二男新战死。

存者且偷生，死者长已矣。

室中更无人，惟有乳下孙。

有孙母未去，出入无完裙。

老妪力虽衰，请从吏夜归。

急应河阳役，犹得备晨炊。

夜久语声绝，如闻泣幽咽。

天明登前途，独与老翁别。

这首诗非常感人。现在处于战争冲突之中的人也可以写下相同的主题。如今任何人都能读懂这首诗。所以说，在文学之中有种深层的当下性，任何文学皆是如此。所以，请你们读一读杜甫的诗，如果还要读其他作品，那么我推荐曹雪芹、老舍、鲁迅的作品，如果你们愿意的话，还可以读一读雨果的作品，雨果是非常现代的诗人和作家。当然，你们有时也可以读一读勒·克莱齐奥的作品。

主持人：谢谢勒·克莱齐奥先生。王蒙老师，您写了很多吸引年轻读者、吸引电子科大的年轻读者的作品。您可以跟我们谈谈您对这个问题的思考吗？您是如何用您的作品来吸引现代年轻读者的呢？

王蒙：我并不是在写作一个什么东西的时候有一种特别的计划和追求。往往是一个故事出现了，一个人物出现了，那么使我非要写它不可。至于它的意义到底是什么？在我开始写的时候，我并不了解。拿今年来说，因为今年年初呢，我已经发表了四篇中短篇小说。那几篇东西呢，我写完了以后，慢慢地意识到，我非常在乎中国正在发生的种种变化。这些变化中的一些东西，当然大家都很高兴，比如挣的钱越来越多了，住的房子越来越好了。但是，也有许许多多东西呢，它遇到了新的麻烦，遇到了新的挑战。比如说在今年《人民文学》第一期上发表的我的《生死恋》。我就是写一对从很小的时候青梅竹马相爱相结合的这样一个家庭。在他们移民到

14

国外以后发生的新的情况，一直到为新的爱情而死，这样的一个悲剧的故事。我的另一篇作品里是写邮局的。因为在我们看到快递各个方面，手机、电脑运用得如此方便，如此美好，如此迅捷的时候，我们想过没想过，传统的邮政事业、邮电事业都在步入黄昏产业。过去北京的象征之一就是北京电报大楼，在那个快到西单的地方，而且电报大楼要奏出这个时间钟点的声音，但是这个电报大楼已经在前年关闭了，因为不会有人再到电报大楼去发电报了。发微信比那个简单得多，快得多。有一个电报大楼的老工作人员很难过，在宣布电报结业取消的时候，他自己到电报大楼花了九块五毛钱人民币给自己发了一个电报。可能是中国，可能是北京市电信局、北京电报大楼的最后一个电报。所以从文化的角度来说，一切都在产生，一切都在逝去。"逝者如斯夫，不舍昼夜。"这如果用来写小说或者写诗都是一个好的题目。

主持人：谢谢王蒙先生。您跟我们分享了一个非常感人的故事。您提到了一个非常重要的观点。我们获得了一切，同时我们也失去了一切。如今，我们有很多新鲜事物，这些新鲜事物的存在就意味着同时我们失去了很多旧的事物。这么想还是很可怕的。那么，勒·克莱齐奥先生，您对新旧比较有什么看法？我们一面获取新鲜事物，一面抛弃传统的东西？

勒·克莱齐奥：大趋势是，我们越来越倾向于生活在同一个世界，而不是像过去那样生活在被分开的很多世界里。我还是孩子的时候，世界并非如此。我出生在战争年代，那个时候，人们并不经常出行，他们总是待在自己生活的地方。他们总是会有各种偏见，导致人们无法交流。所以，我想说，现代社会的好处，积极的一面是，我们都开始交流，我们与他人对话，文化之间、民族之间、文明之间都是如此。我不认为存在什么文化冲突。我坚信，其实恰恰相反，大趋势是良好的交流，文明之间保持平衡。而在文明的对立或对抗中，我认为中国人具有重要的文化遗产，也就是始终寻求平衡。哲学对中国来说非常重要，而中国一个重要哲学就是平衡。我们应当始终寻求平衡。今天在座的同学们，你们正展现了寻求这种平衡的需要，因为你们是理工科的学生，而你们坐在这里，倾听两位作家对谈，这两位作家对理工科估计都很不在行。因此，你们与我们分享，而我们也与你们分享。我觉得，这正是我们现如今最伟大的历险。不论是读纸质书，还是用电脑读书，其实区别不大。重要的是书写创造。众所周知，中国是第一个发明文字的文明之一。人们总谈科技，但是我们应当了解，我们如今摄影所用的相机，你们的手机里也有相机，这个相机的发明，根据传闻，与名叫墨子的人有关。公元前五世纪左右，他发明了暗室，暗室就是你们用来解释光学现象的装置。这可是不同寻常的发明。然后经过了漫长的时间，经历了各种实践运用，后来才发明了相机，camera（摄像机）

一词就来源于 camera obscura（暗室）。因此，这项两千多年前的中国发明在现如今得到了运用。你们每天都在用，你们可能以为这是日本或是德国的发明。然而，这是中国的发明。因此，每种文化、各种过去使用的发明，都参与到了现代性中。而且我想说，这些发明中，很多都源于中国。中国人发明了指南针、车轮、暗室，还有农业上用的水车，还有众多在现代日常生活中我们还要用到的东西。所以，我们不能说我们可以与旧事物分离开来。我们不能说，我们生活在一个全新的世界，并非如此。我们生活的这个世界中，众多发明都发生了变化，文学就是这些发明中的其中一个。文学经历了时代的变迁也发生了改变。所以说，我对现代世界还是保持乐观态度的。

主持人：谢谢勒·克莱齐奥先生。您最后表达说，您对现代世界持乐观态度。但是，我们也看到网上有学生提问，关于新发明、新技术，在阅读的问题上，我们现在有电子书。年轻的学生现在不买书了，而是看电子版。所以，我们担心，这会不会对文学造成负面的影响？因为现在人都不读纸质书了。王蒙先生，您是如何看待这个问题的呢？

王蒙：刚才勒·克莱齐奥先生讲了他对待历史的进程、对待科学技术的发展的一个非常健康的和正面的态度。我听了以后也非常地赞成，非常地受到鼓舞。因为中国深受自己的发展程度不够，发展速度不够，相当长的时期落在后面这样的苦楚，使中国对于发展几乎是没有迟疑的。但是世界上对它的看法是不一样的。中国对于现代化的口号也是乐于接受的。但是我们确实也碰到一些说法，大约十年以前，中国已经流传一种说法，就是文学会慢慢地衰落，小说会慢慢地消失。因为新媒体和多媒体的发展，使你用不着吭哧吭哧地去看小说了。你就在手机上稍微看看，又有画面，又有唱歌，又有影像，你就很愉快很轻松地接受了。比如说《红楼梦》，一方面已经有两个电视连续剧了，将来可能有第三个第四个。另一方面，广西师范大学的出版社他们做调查的结果，大家最不喜欢看的书，得票最多的就是《红楼梦》。特别吐槽啊！我一直搞不清为什么叫"吐槽（cáo）"，我一直以为叫"吐糟（zāo）"呢！北京现在已经有了两三个机器人服务的餐馆了，我不知道成都有没有。全国已经有好几个机器人服务的超市了。这个从劳动效率上来讲可能是非常好的事情。但是，想起来以后去吃东西，也看不到帅小伙或者美女在那儿。你在那儿"menu？ order？"反正可能我老了吧，也不知道这个社会会怎么样。另外，已经开始发表电脑写的诗了。这个是可以做到的，因为如果把各种各样的诗，成亿的，成百亿的，把各种诗句都装入数据库，然后按一定的程序加以运作。它会超过这个普通的诗人。刚才勒·克莱齐奥先生说关键在于创造。我太赞成这句话了。文学的魅力在于创造，但是吃文学饭的人真正富有创造力的，真的有我们想象的那么多么？没有模仿吗？没有抄袭吗？没有来回来去，转圈子循环的吗？所以有时候我确实也产生一种担心，就是技术的发展，会影响我们对于创造的认知和辨别的能力。其中一个建议就是少看手机多看书，看真正的文学书，不要光看电脑里的。真正的创造，真正的写作也许能延迟我们的智力下降，因为技术的发展它正在减轻一般人的智能的需要。比如说博闻强记。现在，再博闻强记，一个手机就可以和他对阵。他说什么你就查什么，你拿八个手机，肯定能把前前后后的人都打倒。所以我们普通人，作为使用人工智能产品的人，他的智力可能在下降。所以我们至少在大学里面，我希望我们不仅仅是人工智能的使用者和受益者，而且是创造者和追求者。我们一定要不受人工智能产品的过分削弱。我顺便问一下，昨天我还在网上看到，说法国教育部门已经规定说中小学上学一定不能带手机到学校去，这个是真的假的我现在都不知道。看着很多说的很准确的信息，很可能也是假的。

主持人：王蒙先生给勒·克莱齐奥先生提了一个问题，在法国的小学里确实是禁止学生带手机用手机的吗？

勒·克莱齐奥：这个我不肯定。我自己可能会说是真的，因为听起来确实像真的。我自己本人可能不会同意这种做法，因为我不知道其意义何在。总之，教师总有些奇特的想法。他们可能会觉得禁止一些什么是有用的。但是如果用手机能让学生获取信息，那就是好的。以前我也断断续续教过书，无论在美国、韩国还是中国，我都对我的学生说，你在家用电脑，是可以的。不用介意。你也可以在我说话的时候用电脑。你甚至可以查一查我说的东西，因为我一般不用电脑，不用电脑上查到的信息，但是有的时候，我在讲课，有学生就在下面查，然后跟我说，不对，不是这样的。我就说好的，不好意思，你是对的。如果你的手机告诉你我错了，那么我就错了。所以在某种程度上，用手机也是有益的。关于小学里禁用手机这件事，我不确定，也许孩子们也可以用手机学习阅读、学习书写。这就是好的。我觉得电子设备与纸质书比起来也可以是很好的学习方式。纸质书已经存在了上千年。是在中国发明的。印刷术也发明于中国，非常重要的发明。我认为，不能片面地看问题。但是，如果电子设备能让人在屏幕上读书，那也是好的。最重要的是，用电子设备读书更省钱，你不需要买书，买书有时候很贵。所以如果你们想读电子书，完全没有问题，这样很好。

主持人：好的，让我们回到王蒙老师的观点。如今，我们不再需要记忆信息，我们有电脑，有手机，你们可以在任何地方、任何时间，查取任何想知道的信息。我们的智力越来越缺乏创造力，这样看来，电子产品确实对我们的创造力产生了威胁，与此同时，书写和文学可以帮助我们重获创造力。您如何看这个问题？

勒·克莱齐奥：我完全同意王先生的看法。有的时候我觉得，小学里的小朋友太聪明了，他们真的很聪明。有时候要想跟他们用孩子气的方式讲话，他们就会抗议，因为他们知道我不是孩子。有时，人要变成孩子，变得不那么理性，必须忘掉理智的一面，必须依靠直觉。我觉得文学就可以让人重获本能直觉，不要过分相信周围的事实表象，而是相信自己的感觉。我认为，没有情感的科学会是错误的。你们做科学的时候也要依靠感觉。不过我不是科学领域的专家，所以我不会过分宣传这一观点。

主持人：那么您相信电脑可以写诗吗？勒·克莱齐奥先生？

勒·克莱齐奥：这个事情我并不感兴趣。这里面必定有人的操作。如果只是单纯电脑玩的花样，那我是不感兴趣的。但是我对写这个程序的人感兴趣。这个人一定非常聪明，不过结果对我来说没什么意思。

主持人：王老师，我们中国的对联，计算机似乎就可以生成对联。你怎么看待这种现象呢？

王蒙：其实我个人来说，对计算机的创造并没有多大的兴趣，但是说到对联，我觉得也好。现在那些不是计算机上的，而是一些晚会上的对联，还不如计算机创造的。就算计算机创造的再不像样子，也比那个好点儿。哎呀，我不多说了。因为有更坏的，所以我欢迎计算机创造的。

主持人：那么我想进一步向我们的嘉宾提问。如果说计算机生成的是文学作品呢，比如诗歌，小说呢？

勒·克莱齐奥：有种说法是讲，如果你把一台电脑给一只猴子，也有——我不知道多少——几亿分之一的几率，它能写出圣经来。我觉得这个说法刚好可以回答这个问题。

主持人：王老师，您觉得呢？如果我们用电脑来做文学，比如写诗歌、对联或者其他的东西？

王蒙：文学是各式各样的，文学里面有非常好的，但是很有限，比如说刚才勒·克莱齐奥表达了对于中国文学的敬意。他说的是李白、杜甫。如果要请他说二十到三十个中国伟大的作家，未必能说的出来。你让我说法国的作家，三五个是可以的。但是，再多的话我就说不出来。说明好的作品是少数的，好的作家是少数，大部分是稍微平庸一些的，还有更差的。所以，你说算不算文学，就跟你说吃饭一样，钓鱼台或者贵宾楼的饭，当然算饭，如果是在饥饿的情况下，拿一点儿观音土，拿一点儿树叶也能把它吃了。你说算饭不算饭。不算饭你当时也得吃。所以世界上有些事儿就是这样。有些事儿为什么消灭不了它，因为它 much better than worse，它比一个最坏的还好一点儿嘛。总是还需要的嘛，所以还有大量的不是最好，但也不是最坏的东西存在。所以对于它们，我们不必要说太多。

主持人：非常感谢王先生的回答。您说到，年轻人要多读经典的好的作品。现在，让我们进入一个重要的问题。两位嘉宾面前坐的观众，大多是电子科大的学生。你们认为，文学对年轻人的成长有什么样的特殊作用？勒·克莱齐奥先生，您可以先回答一下吗？

勒·克莱齐奥：我觉得我们之前就提到过，本能的价值，感性的价值，还有艺术在生活中的价值。文学是一种方法，但并不是唯一的。文学让我们得以追寻这些要素。但是也有很多其他方法可以追寻，你可以借助生活，通过帮助他人，好好工作，做好父母，成为教师。文学是一个非常有效的途径，因为文学使用语言。我认为这是文学的真正价值所在，是语言构建的文学。尽管语言是每个人都掌握的，平庸的，但是这意味着我们所有人都可以分享共同的宝藏。当你们说一门语言，就是在跟所有说这门语言的人分享共同的宝藏。我们学习另一门语言的时候，我们从说另一门语言的人那里获得宝藏。文学正是获取人类语言宝藏的一种方法。想象一下，世界上有那么多不同的文明，是非常令人惊奇的事。有些民族被称为原始民族。但事实是，所有这些人都会说话，都使用语言，被称为原始民族的人不会写小说，不会写很难的有技巧的东西。但是他们构建了语言，里面有语法，有语义，也有各种当代的词汇，语言的各种要素。所以，能发现语言的宝藏，已经是非常令人惊喜的了。而文学也是发现非凡的语言宝藏的一种方式。曾经有位记者问我，中国最美的古迹是什么？我当时想，我可以说长城，或是天坛，甚至故宫或中国其他地方的古代建筑。但是我突然意识到，中国最美丽的古迹其实是文学，因为文学使用语言，用语言构建而成。而且它是永恒的，就像您在最开始提到的，文学的永恒生命。因此，或许词语会随着时代变迁而坍塌，但是文学将会永存。

主持人：感谢您，提到了如此重要的观点。让我们回到永恒的文学这一主题。无论你是谁，无论你在哪个学业阶段，尤其对于大学生来说，还是需要上专业课的。我们的学生要上电子专业课程，但我们依然相信，阅读文学对他们来说是非常有意义的。王蒙先生，为了鼓励我们学校的学生多读文学作品，您想说些什么呢？

王蒙：由于我工作的关系，我和书籍出版行业的人打交道很多。他们告诉我，在中国如果你的书需要畅销，最好你是一个儿童文学作家。因为儿童对于书的要求占第一位。你如果希望你的书得到大量的版税的话，你要写儿童的作品。说明人小的时候对文学的接受，具有特别的重要性，那时候容易记忆。那时候很多东西对于他来说都是新鲜的。一个词，一个形容词，一句话就能够让他感动得不得了。所以说，如果问文学对于青少年，对于儿童是不是有很大的影响，当然是肯定的。拿我个人来说，许多经典的书，还是在上小学的时候看的。许多包括像《论语》《孟子》《孝经》《大学》《中庸》，都是在上小学的时候背下来的。很多的唐诗宋词也是上小学的时候背下来的。当时也不完全懂，但是都在学呀，你不懂

△ 1957 年底受批判三天后拍摄的照片。小棉袄背在肩上，一脸的光明与潇洒，用王蒙自己的话说，"整个青年时代，我没有再照出过这样帅气的照片"。

△　1980 年的勒·克莱齐奥。

也多认几个字，你也多知道一些词呀。所以孔夫子对他的儿子说："不学诗，无以言。"你不会说话呀，你不学你怎么会说话呀，要不人家说话你插嘴也插不上呀，所以这一点是毫无疑问的。当然刚才勒·克莱齐奥先生说的也非常对，说到老师，说到家长，说到自己家庭的成员，生活中有些事情，比如家里长辈做的榜样，是与书里面写的不一致的，那是很麻烦，很危险的事情。但是在学生，少年、儿童、青年当中，适当地提倡让大家读一些经典的书，我觉得这是毫无疑问的。

主持人：谢谢王蒙先生。您说到您自己的经历，说到小学生背书非常有用。这里台下的都是大学生，大家都跟自己的小学生活告别了。所以今天，您想向我们大学的同学们推荐阅读的书有哪些呢？您有什么推荐吗？

勒·克莱齐奥：这件事责任重大。我觉得，同学们可以读所有能找到的书，不用特地去选经典的作品，而读所有时代的作品，翻译作品，各个国家的作品。当然，中国的作品我想推荐吴承恩，尤其表现了印度对于中国的影响；我也会推荐曹雪芹，因为对于我来说，曹雪芹的作品是最完美的作品。这就是我推荐的书。

主持人：好的。那么王蒙先生，您会给我们的学生推荐什么书呢？

王蒙：如果说给青年人推荐一些书。第一，还是那些经典。它

27

们之所以是经典，不是偶然的。比如刚才勒·克莱齐奥先生说到曹雪芹，说到《红楼梦》。《红楼梦》慢慢地看，不要着急，《红楼梦》看多少次都会有新的发现。那么像《论语》《老子》，我觉得如果一个中国人没有看过是非常遗憾的事情。轻松的书也可以看，我参加过作家和科学家的对谈，在座的科学家都是科学院的院士。他们都说，我们也很喜欢看小说。然后开完会以后，我一一地做了调查。他们所谓的看小说都是看金庸的小说。金庸的小说在武侠小说里也是好看的。包括国外的一些通俗的书我也喜欢看，比如说《福尔摩斯探案》《达芬奇密码》，电影我也看过。但是更重要的，我希望你们看雨果，看托尔斯泰，看巴尔扎克，看莎士比亚。另外就是工具书，不管怎么样家里要预备齐，各种词典，百科全书，等等。词典一多，你没有学问也变得跟有学问差不多，连蒙带唬都比一般人强。所以大家千万不要舍不得钱买好词典。我的建议就这些。

《王蒙活说红楼梦》前言

王　蒙

我读过一些书，这些书里，最活的一部就是《红楼梦》。

《红楼梦》当然是小说，但是对于我来说似乎又不仅是小说，而是真实的生活。就是说，一读起《红楼梦》，就如见其人，如临其境，如闻其声，在你的面前展示着的与其说是小说的文字、描写、情节、故事、抒发、感慨……与其说是作者的伟大、精细、深沉、华美、天才……不如说是展示着真实的生活，原生的生活，近乎全息的生活。对于这样的生活你可能并不熟悉，但是它能取信于你，你完全相信它的真实、生动、深刻、立体、活泼、动感，可触可摸，可赞可叹，可惜可哀，可评可说。

你本来涉世未深，所知有限，如果你好好读三遍《红楼梦》，怎么着，你显得懂点世事人情了。不是说《红楼梦》里的事情可以与生活中的实事照搬比照，不，那样强拉硬扯只能出笑话，而是说的某种"事体情理"是普遍的，是可以互为启迪的。

我喜欢一次又一次地阅读《红楼梦》。我喜欢一次又一次地琢磨《红楼梦》，每读一次都有新发现，每读一次都有新体会新解读。

例如我过去多次说过也写过，抄检大观园时，探春的一段长篇讲话太深太痛，显得突兀，可能是曹雪芹借探春之口说自己要说的话。我还"小人度君子之腹"地说，让作品人物说出作者想说的话，是写作者很难摆脱的一种诱惑。但是近来的多次重读使我的想法发生了动摇。盖从一开始探春与老太太在评价园内治安形势上就发生了原则性的分歧，探春在突击查夜后认为除夜班人员无聊耍钱外并无违规大事，她的这种天下本无事的观点马上受到贾母的恶声恶气的批评。整个搜检之中，能充当搜检方针与举措的对立面的只有探春一人。其他司棋晴雯只是个人尊严维护，宁折不屈罢了。

时代当然不同了，今天的中国今天的世界，已经与贾氏们在大观园里的生活大相径庭了，但是许多事体情理，许多人性善恶，许多爱爱仇仇，许多阴差阳错，许多吉凶祸福、兴衰消长仍然令人觉得亲切，深奥似曾相识，觉得有令人警醒、给人启示、发人深省之处。

否则，毛泽东那么伟大，那么政治，那么哲学又那么日理万机、实务缠身的人怎么可能念念不忘于《红楼梦》！他评价《红楼梦》远远多于高于任何中外名著。

除了真实生动深刻以外，《红楼梦》的一大特点是它留下了太多的空白，这是一道道填空题，它呼唤着记忆力、联想力、想象力、直至侦探推理的能力，谁能经得住谈《红楼梦》的诱惑呢？不谈《红楼梦》，谁知道你也是有智慧有灵性有感情有感悟的呢？

感谢曹雪芹吧，给了我们这么好的话题，你对什么有兴趣？社会政治？三教九流？宫廷豪门？佛道巫神？男女私情？同性异性？风俗文化？吃喝玩乐？诗词歌赋？蝇营狗苟？孝悌忠信？虚无飘渺？来，谈《红楼梦》吧。

所以我不揣浅陋，把说《红楼梦》作为我的一件常务，常活儿，一个永远不尽的话题。我把《红楼梦》当做一部活书来读，当做活人来评，当做真实事件来分析，当做经验学问来思索。我把《红楼梦》当做一块丰产田，当做一个大海来耕作，来徜徉，来拾取。多么好的《红楼梦》啊，他会使那么多人包括我一辈子有事做，有兴味研究著述争论拍案惊奇！我常常从《红楼梦》中发现了人生，发现了爱情、政治、人际关系、天理人欲……的诸多秘密。读《红楼梦》，日有所得月有所得年有所得，十年二十年三十年各有所得。我也常常从生活中发现《红楼梦》的延伸、变体、伪造、翻案、挑战……伟大的经历丰富的中国人中国同胞啊，谁没有一部红楼梦、瓦屋梦、土牢梦、灰房梦、石穴梦、地道梦？或者有经历有各种屋子楼而终于无梦？

所以有了这本《王蒙活说红楼梦》——不是话说，而是活说。把《红楼梦》同时当生活说，把《红楼梦》往活里说，把读者往活里而不是往呆木里说。亲爱的读者，从对《红楼梦》的阅读里找到共识与新见吧，增添智慧和情意吧，提高文化和修养吧。

愿我的这一本书能使你得到某种参照和鼓励。

主持人：我想在座的观众一定有问题想问我们的两位嘉宾。有问题的可以站起来举起手。请中间后排的这位同学提问。

观众一：两位先生你们好。很高兴在这里遇到我年轻时的偶像——王蒙老师。我是非常喜欢道家学说的。我道家学说的启蒙就是王蒙老师。《庄子的享受》这本书我读了很多遍，我注意到王老师这本书写得非常随性。我看这本书有两种描写，一种是引用庄子的话，然后说在我们的生活中怎么怎么样。写了王老先生一些生活中的体悟。另外一种方式是，引用一段话之后，王老师推断庄子是怎样的状态。我想请问一下，王老师您觉得我们阅读庄子也好，或者我喜欢的《道德经》也好，这种比较古典的文学，应该更注重生活的体悟呢？还是结合作者当时的情景去体悟他们说这段话时想表达的道理呢？

王蒙：庄子，太聪明了，他的想象力太强了。他通过想象，什么问题都解决了。但是呢，无论是庄子，还是孟子，有些最聪明的地方实际上是有窘境的，是他们陷入了窘境的结果。比如说，庄子里面有一个故事，他给学生讲一个东西没有用，这个东西才不会被人注意，才能够保存自己。但是后来他们到一个朋友家里吃饭，朋友家里有两只鹅。一只鹅管用，可以看家护院的，另一只鹅是不能看家护院的。先宰哪一只好呢？庄子说先宰不能看家的那只。于是学生就问，您不是说没有用才能保护自己吗？庄子说，我主张的是人应该处在有用和无用之间。所以说，庄子再能干，他说这话的时候已经有点勉强了。因为原来宣传无用，被逼到死角了，他才说有用和无用之间。"子非鱼安知鱼之乐"，"子非我安知我不知鱼之乐"，这也到了死角。这就跟下棋一样，最后来回循环一样。再下下去，只能算平手。为什么呢？因为接下来可以回答："子非我，安知我不知汝不知鱼之乐"，接下来是"子非我，安知我不知汝不知我不知汝不知鱼之乐"。这完全是逻辑上的诡辩。孟子的诡辩更厉害。孟子的君主是舜，舜是最孝的，而虞舜的爸爸非常残暴，喜欢杀人。于是有人问孟子，如果虞舜的爸爸杀了人，虞舜应该怎么办。孟子笑着说，把他爸爸先抓起来，然后夜里偷偷地把监狱打开，带着他爸爸跑，不要再管天下的事情了，要尽孝，把他父亲带到一个遥远的地方一起生活，最好跑到法国去，让他爸爸在法国养老就行了。这完全是没话了才这么说，千万不要以为这是一个伟大的说法。他们都很可爱，都有一股辩论的劲儿。因为春秋战国的时候，一个个练习辩论，真不得了。所以，你把它当活人的书来看，你会觉得其乐无穷，趣味无穷。但至于你问的是不是这个问题，我也不知道。

主持人：谢谢王蒙先生，跟我们分享如此有趣的故事。我这里还有另一个关于现代技术社会的问题，是学生在微信上发过来的。这个问题是问，勒·克莱齐奥先生，在您的创作中，在您的作品里有没有对人性的失望？如果有，那么您对人类还抱有深深的爱吗？

勒·克莱齐奥：这就是我刚才说的哲学在中国非常重要的一个很好的体现。非常好。我觉得我从来没说过我对自己的作品非常满意，说我的作品是完美的。我希望有一天能写出完美的作品来。至于我与读者之间的关系，我与读者很少有联系。很长时间里，交流都是通过寄信来进行的，但是信很慢，信寄到的时候已经晚了。我跟读者的联系很少。所以我一直对自己写的信感到失望，对自己的作品感到失望，始终如此。

主持人：中国人很谦虚，您举的例子也很谦虚。

勒·克莱齐奥：中国人总是需要一种平衡。被病痛折磨的时候，总需要通过其他什么来补偿。我因为感到不满而痛苦的时候，会收到一些读者的回音而得到补偿。所以我与读者之间总是有一种平衡的话，也是很好的。

主持人：好的，谢谢。还有一些学生的留言。有人问您认为文学有门槛吗？因为文学不是任何人都可以做的。王蒙先生？

王蒙：我想我们每一个人都有自己的选择。每个人的选择都有自己一定的标准。但这标准并不是一个。比如说你喜欢一些作品是由于它令你感动，有些作品是因为情节的悬念，还有些作品呼应了你当时碰到的人生中的一些困惑，你觉得有助于你的选择。我喜欢用"选择"这个词。很难用"门槛"这个词。现在网上发表的各种各样的，也有好看的，也有很成功的，比如说《明朝那些事儿》就是网上先发表的。很多人都很感兴趣。也有极其差劲的。我认为非常差，没有人看，但是人家宁愿看网上那些大家都知道的东西，不会看王蒙的作品。所以你说"门槛"是没有用的。法律可以有门槛，比如你写的东西要负刑事责任。文学没有门槛，但是文学要有选择，除了看某些轻松愉快的作品以外，希望你们看一些真正有智慧的、有情感、能动人、能不忘的作品。如果你们都去看网上的作品的话，太对不起自己的大脑和智力了。

主持人：王蒙先生对我们学校的学生评价很高。现在我们再有请现场观众提问。

观众二：我非常荣幸能够聆听两位作家的对谈。非常感谢。我问题很简短。这学期我们一直在学英国文学史。《英国文学史》当中的第一篇叙述的是史诗故事《贝奥武夫》。很自然的就联想到我们自己的国家。例如黑格尔说，中国没有史诗。但是有些少数民族是有史诗的，比如藏族史诗《格萨尔王》，还有蒙古族史诗《江格尔》，还有满族史诗，叫做《尼山萨满》。我想请问二位嘉宾是否同意黑格尔的观点？如果汉族有史诗的话，有哪些史诗可以举例呢？如果没有，原因是什么呢？

勒·克莱齐奥：我完全没有料想到会要回答与《贝奥武夫》有关的问题，我觉得我读《贝奥武夫》的时候大概十六七岁，是在学校读的，而且觉得挺无聊的。当然可能我错过了有意思的东西。我们距离史诗的年代非常久远，我觉得我们没法谈汉族的史诗，这很可能早于对汉族的认识。在中国有《三国志》，虽然不像《贝奥武夫》那么古老，但是有很多不同的作品与史诗接近。有一部作品叫做格萨尔？我记得是西藏的。总之，我不是中国文学的专家。我个人很喜欢唐宋诗词，不过这跟史诗毫无关系。

王蒙：关于汉族史诗的这个问题，我知之甚少，我回答不上来。但是我可以说，有一个原因我们可以思考一下。中国的文学，由于汉字比较复杂，比较难学，所以这些文字的东西始终是靠一批知识分子、一批士大夫，靠圣贤，靠政权，甚至是靠朝廷做搜集，搜集民谣、搜集故事这一类的事。而真正的民间流行下来的能够很像模像样的传说、故事、史诗、寓言，都相对要少一点。我是觉得和咱们这个文字语言可能有关系，但也可能没那么多关系。另外中国的这个少数民族的史诗它很厉害，很多都是运用传唱性质的。比如说哈萨克族的《玛纳斯》，我们中国一直有专家不停地做这个方面的搜集整理，而且民间专门有说玛纳斯的人，他可以大量地讲玛纳斯的故事，还把它唱出来。另外蒙古族和藏族，还有一些共同的史诗。

主持人：谢谢。四川省社科院他们最近正在整理《格萨尔王》这个作品，包括它的译介情况，这是一个很大的工程，其实也能说

△ 2005 年 11 月 19 日，王蒙在上海交通大学演讲《想象与文学》。

△　2014 年 12 月 16 日，诺贝尔文学奖获得者勒·克莱齐奥（左）与莫言（右）走进山东大学，畅谈"文学与人生"。图为山东大学校长张荣（中）为莫言和勒·克莱齐奥颁发主讲纪念牌。

明这是一个重要的史诗。好的，下面继续邀请观众提问。

观众三：我想问一下两位，我们的大作家，据我自己的观察，就是绝大部分的作家，他在创作里面会把自己的各种可能的自我，或者说多个矛盾的自我的不同层面，投射在不同的人物身上，然后一一推演，这个方向，这个矛盾体，它会朝哪个方向去发展？那么相当于作家在创作的过程当中，就是体验了几种不同的人生，并在努力地思考哪一种是自己最想要的，或者是最可能的，那我想问的是，两位作家，在您创作的人物形象当中，您自己最喜欢哪一个？为什么？

主持人：让我们先请勒·克莱齐奥先生回答，您最喜欢您作品中的哪个人物？

勒·克莱齐奥：我只能用母亲和孩子的故事来回答。如果您问一位母亲，您最喜欢自己的哪个孩子？她会回答，我爱他们每个人。所以这就是我的回答。

主持人：真是印象深刻的回答，谢谢。每一个作品都是自己的孩子，都爱。咱们中国有一句话叫做手心手背都是肉。现在，有请王蒙先生回答。

王蒙：这个呢我告诉大家，我同样有这种感受，但是当我处在一个窘境的时候，我会把话题一转。第一，在我写的作品中，里边写着，女性更招我的喜欢，这个沉思默想。第二，这个里边的男性，男生里边，那个比较笨的人，比较犯糊涂的人，比较犯迷糊的人，比较无奈的人，更招我喜欢。第三，当我写到新疆的少数民族，特别是维吾尔族的时候，我的那种快乐的心情，溢于言表，谢谢大家。谢谢您的提问。

主持人：两位嘉宾的回答都非常巧妙。现在我们有请另一位举手的同学。

观众四：谢谢二位，我是电子科大的一个老师，我想提这样一个问题，就是现在我们中国，大部分人的精神状态，包括我们的这个年轻人为了学习、工作、挣钱、买房子买车、养家糊口，我们在物质上好像追求的比较多，而且现在社会也给我们无限的可能性。然后像我们这种退休了，然后过二三十年就死掉了。这是普遍的一个人生状态，我想问两位文学家，就是这样的人生会损失什么，会有哪些遗憾呢？如果我们就是过这样的人生的话，就是我们看得见的这样的一种生活，它的遗憾是什么，我们没有接触到文学，我们没有精神上的升华，那么这样的人生有没有遗憾？有没有可惜，或者说它会缺乏什么？好，我的问题完了，谢谢。

主持人：我们先请王蒙先生回答？

王蒙：我是觉得人生啊，是多种多样的。每个人都不可能用自己对人生的追求，变成一个不变的普世的一个标准，这是不可能的。比如说你的具体的状况，你的身体的状况，你年龄的状况，健康的状况，学习学历的状况，不可能使你成为一个非常不凡的人，你做一个很普通的，非常正派的，在可能条件下实现自己的目的，最大程度地实现，这不是很好吗？该上学的时候你去上学，该工作的时候你工作了，该领薪水的时候你领到薪水了，该结婚的时候也结婚了，该生孩子的时候大部分也都生孩子了，这样的生活也很好，没有理由为这个而感到遗憾。但是如果你的精神能力还有很大的可能性，没有发挥出来，那肯定是有遗憾的，那么有遗憾也不要紧，因为我现在知道，咱们中国有很多，比如退休以后上成人大学的，学艺术的，老干部学书法的很多，学国画的更多了，还有学跳舞的学唱歌的，我还参加过没画过画的人的画展，就是这个人并非画家，素人画。各式各样，还有演话剧的，在北京你可以报名参加演话剧，我有亲戚就参加了，所以说也还有发展自己的精神的可能。发展精神能力不等于你能成为大明星，不成为大明星你也愿意上台演一场话剧，这都是很自然的事，个人根据个人的情况，个人根据个人的可能，使自己物质上也能有一定的保证，精神上，爱好上，兴趣上，也能得到某种满足，这就很好了，人人都快乐，人人也都有遗憾，你说没有遗憾那是不可能的，哪能有没有遗憾的人呢？即使最大最大的成功者也有遗憾，发了大财的人遗憾更多，麻烦更多，官特别大的人遗憾更多，他们都发愁。千万别以为你就差，你不差，每个人都不差，每个人都因为自己而快乐，每个人都因为自己而发展。这有点像电视台那个益智节目。

主持人：下面有请勒·克莱齐奥先生。

勒·克莱齐奥：我对这个美妙问题的答案是：我小的时候，会在房间里写作，那时候我跟父母住在一间贫穷的公寓里。外面的街上很是吵闹，天很热，所以窗户是开着的。我希望有人能喊我一起下楼玩耍，但是没人喊我，然后我就拿一张纸，开始写。我的回答看起来不太符合问题，但我的意思是，当生活有些枯燥的时候，人可以梦想一种生活，我的梦就写在了纸上。所以这就是我对这个美妙的问题的回答。

主持人：我觉得这是非常棒的回答。谢谢。

主持人：因为时间关系，我们还有最后一个观众提问的机会。我们这次请右边这一侧。

观众五：就是关于我自己的一个见解吧，最近几十年的小说，它和以前的相比，比如说十九世纪的，会有一种哲学化的过程，不仅仅是思考现实，批判现实，小说本身有一些自己的哲学思考和抛出来的一些问题。我想问一下是关于两位作家，你们在作品当中主要想讨论的一些什么哲学观点？勒·克莱齐奥先生，假如您想介绍自己的作品和小说来中国的话，那么您觉得其中最重要的哲学思想是什么？

王蒙：我来先回答一下，在我的小说为主的作品当中，到底最想说的是什么样的哲学思想？如果我能够回答得很清楚，那就证明我写的这个小说还不太好。我觉得文学作品呢，应该给读者留下非常大的空间，在他的作品里面，你可以从这个角度来思考，也可以从另外一个角度来思考，你可以看到他的肯定，也可以看到这个作家的无奈和无能，所以我就不想多说我在文学里要宣讲的哲学，但是另一方面呢，我又不仅仅是一个小说家，我还写了大量的关于诸子百家的书，关于老子的我有两本书，关于《论语》我有一本书，关于庄子我有四本书，关于孟子我有一本书，关于列子，今年下半年将要出一本关于列子的书，这些书里面我说的都是什么呢？如果您能抽出点时间上图书馆里找着我的书，翻那么两页，我就更加感激，衷心感谢。

主持人：谢谢，现在有请勒·克莱齐奥先生。

勒·克莱齐奥：您的问题是，我应该如何将我的作品介绍给中国人，不过我想说我写作的原因是，我在您这么大的时候，法国处在战争之中，法国人和阿尔及利亚人之间的战争。我父亲告诉我，你不能去参战，因为那是一场不公正的战争，那是殖民国家针对想要获得独立、想要获得自由的人民发起的战争，所以不要去参战。他的建议是好的，但是处在那个时期人又能如何呢？幸运的是，我这一届学生不用去参加征兵了，我就不用去阿尔及利亚杀人了。正是那个时候我非常想写一部小说，那是我的第一部小说。小说讲的故事就是关于一个与你们同龄的年轻男人的回忆，讲的是当人必须履行自己的责任，但是这个责任是不公正的时候，人如何逃避，如何行事，当社会是不公正的时候，人如何抗议。唯一的抗议方式只有写小说。这是我写下第一部小说的原因。后来我一直持续写作，写的差不多是同样的小说，与看起来不公正的东西对抗，与社会上、法国社会中错误的东西对抗。你们可能会觉得法国是一个完美的国家，但事实并非如此。法国社会有很多错误，很多不义行为。所以我写作是为了表达对错误东西的抵抗。这是我的回答。

（根据 2019 年 3 月 17 日王蒙与勒·克莱齐奥在电子科技大学的对谈整理而成。勒·克莱齐奥的谈话内容原为英文，由张璐翻译为中文）

永远的文学

——在宜昌市图书馆的讲座

（2019 年 3 月 16 日）

王　蒙

为什么我这个题目叫永远的文学，由于传播媒体的发展，从国外就出来一种说法，认为文学将会衰弱，小说将会衰落，甚至于灭亡。因为这种新媒体和多媒体的发展使你用不着去看小说，看小说多费劲哪，是不是？但文学是永远的。为什么这么说呢，让我一步一步地说。

第一，文学是对世界的命名，命名使世界不再陌生。

一个人出生在这个世界，不知道这个世界是怎么回事，但是人类有语言的这个系统，有语言的愿望，很小的孩子可能只过上个把月左右，他起码已经开始会叫妈妈爸爸，而且这个全世界的语言都是一样的。当他知道喂他奶的那个人是妈妈的时候，对妈妈已经充满了亲切的感情，我想起我此生看的第一本书是在 1942 年的时候。那一本书叫做《小学生模范作文选》，它的第一篇文章就叫《秋叶》，它的第一句话就是，"皎洁"的月儿升起在天空。皎洁两个字我过去从来不认识，但是我怎么觉得这个字这么好啊，因为虽然我不认识多少字，但月亮我已经看见很多次了。

那时候北京的月亮非常亮，因为没有雾霾，当时这个外国人称道月亮亮，他们最喜欢的比喻说这里的月亮亮得像北京的一样。还有第二句话，这里的月亮亮得像马德里一样，马德里比较干燥，云也少，雾也少。这样我就知道了，给月亮的特性命名为皎洁。我太兴奋了。由于皎洁，月亮对我不是陌生的，月亮充满了人的感觉，既不是昏暗，也不是辉煌，是什么呢，是皎洁。从此我走在大街上，一旦看到月亮，我马上就指着它说，皎洁，皎洁了。

所以孔子告诉他的儿子说，不读诗无以言。他又说读诗可以多识鸟兽草木之名。一个有名字的世界，和一个还没有名字的世界，您对它的认识是不一样的。比如说我们和植物学家一块去参观植物园，那个植物学家，他看到每一片树叶，看到每一根草，看到每一个花瓣，他都知道什么特点。那么它对这个植物园的感受和一个不知道这些名字的，没有对世界命过名的人对世界的感受是不一样的。

第二，文学使你产生了对世界的兴趣和挂牵，使你挂念文学。

在文学的发生学上，到现在为止，最感动我的是阿拉伯人的这个一千零一夜的故事。一千零一夜的故事翻译成英语，它有一个改

△　1979 年王蒙在第四次文代会上。（鲍乃镛摄）

△ 1986—1989 年任文化部长期间，王蒙在子民堂办公。

编本，我们把它叫《天方夜谭》。天方指的是阿拉伯国家，阿拉伯地区。是说当年有一个哈里发，是一种把政权和宗教权力掌握在手里的大人物。哈里发被王后所欺骗，所以他就痛恨女性。他规定了一条规矩，每天他要娶一个妻子，第二天早晨把他的妻子杀掉。

我们听这当然觉得是一件很可怕的事情，这样杀下去的话已经恐怖到了极点。这时候他的大臣的女儿谢赫拉查达就说，不能让这个哈里发再去杀别的女人去了，明天你就把我送去。她就被送到了这个哈里发那。然后她跟哈里发说，明天你就要把我送上绞刑架，我现在要和我的妹妹见一面。那小妹妹就来了，她这一夜就给她小妹妹讲故事。讲到天亮的时候，这故事最精彩的时候，然后她不再讲了。这个问题使哈里发在旁边听得也很入迷，就说你接着讲，她说我等着去上绞刑架。哈里发说今天不上，明天再上，今天我们再把这个讲完，于是她就继续讲下去。一共讲了一千零一夜，就是两年半吧，不到三年，终于感动了这个暴君，使他取消了每天杀一个女性的这样残暴的行为。这个故事太感人了。由于谢赫拉查达的这种文学的传播，文学的修养，战胜了死亡，战胜了暴力，使这个暴君能够恢复了人性。而且正是这种文学的讲述，如我所说的唤起了人们对生活的爱，对生活的兴趣，对生活的挂牵和惦念。就是发生了一些事情以后，你还想知道它以后还会发生什么？有了这个开头还会有什么样的结果？这个是谢赫拉查达给我们的启发。后来俄罗斯强力集团的作曲家，叫里姆斯基·科萨赫夫，为这个一千零一夜，专门做了一个曲子，叫做谢赫拉查达组曲，成为全世界交响乐里边的一个重要的曲目。我们可以设想一下，如果没有这样一个故事，如果没有这样一些曲目，我们的人生的滋味会因之而减少。

第三，文学还大大增加了我们对生活的体验。

我们对生活的感受从每一个个体的生命来说，是太宝贵了！人生也是太短促了。但是你在这个短促的人生中，对生活的美好、动人，牵心挂肚，念念不忘，能体验达到什么程度，这又是不一样。有的人就是浑浑噩噩，一辈子就过去，有的人饱尝了生活的酸甜苦辣，各种的滋味，他对生活的感受，活了一辈子等于别人活了两辈子、五辈子、十辈子。

有一个文学的描绘，有一个文学的预热，有一个文学的感动，这和没有大不相同。比如说我就常常给自己提出一个问题，爱情诗和爱情哪个在前面？如果我们是从生物学的观点，从绝对的唯物主义的观点，那当然我们说没有爱情哪来的爱情诗，爱情诗不是你脑子里头空洞地想的，因为世间有情，有爱情，有恋情，有相思，有苦恋，有各种各样的爱，有男女之情，这样才有了爱情诗。把这个爱情的诗美化下来。但是呢，我们又要设想一点，如果没有爱情诗，那么这个爱情会剩些什么东西呢？会不会剥夺掉你爱情那些最美好、最浪漫、最文雅、最动人的感受，而剩下一些相对令你尴尬的某些记忆，这完全是可能的。这个不同的文化水平，不同的文学修养，不同的文学的感受，他们的爱情生活是不一样的。爱情可以是非常美好浪漫的爱情，也可以是一种世俗的较量，甚至充满了阴谋和诡计，充满了各种不雅的因素。但是有了爱情的诗就不一样了。对于具体的一个有文化的人来说，经常爱情诗在前。因为你开始有那个爱情萌芽嘛，起码要进入青年时代，起码是十五六岁了，你有些朦胧的想法，你不可能说从三岁从五岁就开始体验爱情。可是那个时候你已经会看到非常美好的爱情诗。譬如说，关关雎鸠，在河之洲。窈窕淑女，君子好逑。已经有很美好的诗了。你会看到抱柱之信，他等着情人跟他来会面。可是这个潮水升起来了。这个男子愚忠地对他那个情人，就抱着柱子往上爬，最后一直到被海水冲没淹死为止。

像这样一些故事，你不懂爱情也没有关系。你在这个有实际的爱恋的对象、感受情人以前，就已经接触到了这样一些美好的诗句，我在新疆的农村也待过，在上个世纪 60 年代的困难时期，在一批中东部粮食供应特别困难的地区，有些农民就到了新疆。我见过他们托人给老家的女孩写信。他托人写信时，背诵的全部是些民歌。那些最简单，但我们听着很可爱。什么妹妹是河上一株柳啊，就不停地在那背诵，就像一次文学考试一样，他是干什么？是让别人给他抄下来，然后好寄给他喜欢的那个乡下的女子。

另外，尤其感动的就是我看这个《阿 Q 正传》，《阿 Q 正传》

让我很遗憾的还不在于阿 Q 革命没有成功，因为阿 Q 这个觉悟太低，他想着的革命成功以后，就是他也要睡地主的炕，也要把地主的姨太太抱在怀里。所以阿 Q 如果革命成功了，那么可能会变成一个贪官，最后被枪毙了，都有可能。但是阿 Q 有一件事他很正常，我很同情他，就是他很喜欢这个吴妈。吴妈是一个小寡妇，小孤孀，阿 Q 的身体也还不错，挺健康，爱劳动。他看着吴妈，也很可怜，也很孤单。有一年夏天他忽然给吴妈就跪下了，说我要和你困觉。这个吴妈当然大惊，认为自己受到了性骚扰，要上吊要抹脖子，最后给定性为阿 Q 的无理，罚了很多钱，把这几年的工资都被赵太爷给罚掉。如果阿 Q 多少有一点文学的修养，这个形势就会完全变过来。比如阿 Q 可以给吴妈背诵徐志摩的诗，背不下来也没关系，拿着书读都可以：

我是天空里的一片云，

偶尔投影在你的波心——

你不必讶异，

更无须欢喜——

在转瞬间消灭了踪影。

你我相逢在黑夜的海上，

你有你的，我有我的，方向；

你记得也好，

最好你忘掉，

在这交会时互放的光亮！

这个如果阿Q有这么一套，这个吴妈哪怕文学上稍微差一点，至少吴妈可以唱，从邓丽君那学来的歌曲，《月亮代表我的心》。或者再简单一点，《真的好想你》！也可以。可是由于缺少了文学，又缺少了艺术，他们的爱情以悲剧以失败告终。所以文学在很大程度上，美化了人生。它吸引了人。使读者、作家成为这个世界的情人。当然也有作家对这个世界充满了怨恨、抱怨、诅咒、痛骂。这种批判型的作家，我们也要分析，他如果没有兴趣，没有挂念，没有热爱，它也不会有那些诅咒。因为我看过有一些女作家的作品，在女作家作品里她老说一句话，就是说世界男人都太坏了，靠不住的，你哪个男人也不要相信。但是正是在这些话里头，我深深感觉到我们的女同行、女同胞对于好的男性的期待，对于忠实的慷慨的豪爽的说话算话的，有担当而且不搞那些乱七八糟的花哨事，这样真正像骑士一样，像英雄一样的男性，充满期待。

第四，我要说文学激活了我们的记忆，激活了过往，激活了昔日，激活了历史。

历史的记载很了不起，但是也很简略，很简单的一说就完了，它不带那么多细节，不带那么多感情。但是当历史进入了文学，它又不一样。它有很多东西就是用你的想象，用你对人的这种理解和期待，丰富了历史，使它变成了活的东西。比如说《三国演义》，大家都非常喜欢，但是三国演义上这些记载并不可靠。比如说我们大家看书，尤其是听京戏，我们习惯地认为诸葛亮是智多星。而这周瑜呢很单纯很幼稚，带几分天真，是小生演的。但是历史考证，周瑜不是这样，周瑜比诸葛亮年龄还大个两三岁，因此不可能发生那种故事。

可是我们看书看多了，京戏听多了，戏也是从书来的，是从罗贯中的三国演义来的，我们就会为事实不和小说一样而感到遗憾。你没有这样好的情节，你有什么可动人的地方？《三国演义》里头啊，有一个非常感动我的情节，就是赤壁之战以后，曹操大败，他有一段很惊险的路程，就是华容道。华容道那关羽带着兵埋伏着，因为估计曹操在败兵以后一定要走华容道。

曹操已经很惨了，没有剩下多少人来保护他了。跑到这，曹操还说，这个诸葛亮还是不行。说这个地方这么窄，要是有埋伏了，我非完蛋不可。就这么说着，忽然前边的小探来报告，前面有队伍，把这个山口已经守好了。曹操想完蛋了，这回我今天要灭在这。过了一会又报告，队伍上打着一个旗子，旗子上写的是"关"字，就是关羽。曹操一听很高兴，是关公！没事，这个是我铁哥们。所以曹操立刻把这个形象打扮一下，显得自自然然走过去。关公在那等着他。曹操到那，说的是什么话？他一共说了七个字，"将军，别来无恙乎？"将军，说的是关公，对关公很客气。先称军衔，将军；别来无恙，说明我们已经分开一段时间。无恙是什么意思呢？你如果要是死板地翻译的话，就是没生病。就是我们相别以来，你没得什么毛病吧？这个翻译就坏了！你见一个朋友，你没得癌症嘛？这个是神经病。但是呢，我们要分析，这个话有很亲密的意思，因为你只有和最亲密的人，你会这样问候。很简单，如果你有爸爸妈妈，你见面以后你不会问他们最近工资提了没？级别提了没？职称提了没？做股票赚钱没？这不是儿女问的，坏人才这么问。如果儿女一见到他爸爸妈妈一定问，头疼最近没犯吧？你走道没绊跤吧？椎间盘突出最近闹得厉害不？肯定是这么问。所以实际是关系很近的老哥们，他才能这样问，你别来无恙乎？《三国演义》这段写得好！底下没有别的话，就这么一句话，关羽把曹操对他的好全想起来了！如果要是换一个水平低的人，一个风格低下、见解拙劣的人，那他就换另一个说法了。他说关羽啊，这回大哥可是碰到难处了，当年你碰到难处，我可对得起你啊！银子，我也没少给你，是不是，好吃的，我天天让你吃的，今天你小子不放我一马，你可就是王八蛋了！这不可以。

只有这七个字。将军，第一句话就给关公定性，你不是一般人，你是将军！将军，你站得高啊，仗义，讲感情，大方，不计较个人，我知道你的分量，我知道你为人的德行、你的义气。所以我就一句话，将军，别来无恙。你想一想，没分别以前你是在我那，你是被我俘虏的。但是我怎么样？我怎么对待你，但这话不能说呀！说出来可就完蛋了。关公想都没想，直接放人，曹操败成那个样子，到这儿，稳稳当当，将军，别来无恙，你曹操也显出风度来，开玩笑，人家什么风度啊，人家什么水平啊，人家什么胸怀啊，人家什么情怀啊，是不是，死不死有什么了不起！不能丢份儿！所以他说，将军，别来无恙乎？关公怎么回答呢？让路，放！没别的话，而且关公眼泪流出来。不是曹操眼泪流下来了，是关公眼泪流出来。唉！人都有得意的时候，有倒霉的时候。我现在趁危下手我不光荣。三国演义上写这事完了以后，关羽就找诸葛亮，杀头吧！我把曹操放了！就是这样的故事，一下子把这个三国演义、把曹操、把关公都写活了！这里如果没有文学，只是看历史上记载，那是不可能的，没有这效果。历史上没有华容道的记载，但这也是最动人的故事、最动人的文学！显示了中国文化，显示了在传统历史上对曹操这样哪怕是带几分奸诈的大政治家，和对关公这样也带几分刚愎自用的，但是又讲忠又讲义的大军事家，非常精彩的表现。

激活历史，我最念念不忘的还有《史记》对楚汉之争的描写。项羽一直胜利胜利胜利，但是最后落入了韩信给他布置的圈套，被重重围住，跑不出去了，四面楚歌。司马迁是怎么写项羽的最后的，就是霸王别姬的时候，项羽跟他最爱的女子虞姬说，我打了多少仗，战无不胜，如今陷入重围，非战之罪也，天亡我也！是老天要灭我！不是我自己打仗打的不好。当然他这个也有不清醒，没有自我批评。说到这，项王泣数行，泣就是哭泣，三点水一个立字。唉！项王到了这个时候呢就流下几行眼泪，泣数行。第一他是泣，什么叫泣？泣就是有泪无声。什么叫哭？就是有泪有声。什么叫嚎？就是有声无泪。这个汉字就是很准确，泣就是有泪无声，他不能出声。因为当时他还是统帅，他下边还有相当数量的军人呢，回头说，这个司令哭上了，这你说不丢人吗，所以是泣数行。第二，这数行是几行？第一他不是一行，因为他是两个眼睛，他不是独眼龙，是不是？第二呢，它不止两行，只两行他就用不着说"数"。中国的说法是三九为多。比如吾日三省吾身，不一定是三省，而是省好多次。我个人认为他是三至五行。因为再多也不行啊，再多的话也看不出来了，脸上全是水啊，你哪能分清几行。所以他项羽流的眼泪是有限的。在这种最困难的情况之下，男儿有泪不轻弹，它不能真哭起来没完。"项王泣数行。"然后底下一句话，"左右皆泣。"左右就是他身边的工作人员，一看这将军司令已经混到这份上，也就都哭。但是皆泣，不敢出声，你敢出声嘛，你当着司令面你叽里哇啦地喊叫哭，当场就一刀砍下去了。所以他也不敢大哭。左右皆泣。底下有一句话，不敢仰视。说哭到什么情况呢？都低下头来，没有人敢扬头，为什么没有人敢扬头？左右的人哭得比项羽多，项羽哭得就是几行就没了，就干了。左右哭，可是眼泪可真出来了，这左右都琢磨着今儿完蛋了！今儿就死在这儿了。所以他流眼泪流得多。流的眼泪多呢，不能扬头，一扬头那个眼泪往下流到耳朵里，容易得中耳炎，所以它非常具体。没用几个字，项王泣数行，左右皆泣，不敢仰视，13 个字。但这 13 个字里头呢，把当时的各种具体情况，写得非常合理，非常细致，让你都进入他那个情景之中。所以我们可以想一想，如果没有文学，我们能够有这种活生生的对于历史，对于往昔的感受嘛？

第五，我说文学是我们对时光的一种挽留，是我们对生活和记忆的一种珍惜。文学是我们对于我们的日子的一种保鲜，一种储存。

我开始写作《青春万岁》的时候，一个最大的动力，最大的驱动，来自对生活对日子的珍惜。因为像我这个年龄的一代人，我们赶上了旧中国的灭亡，赶上了中国共产党所领导的中国人民革命的凯歌行进，赶上了新的国家，中华人民共和国的成立。那时候全国人民都处在一种热烈之中，处在一种热火朝天之中。但同时我也感觉到并不是你这一辈子每天都能热火朝天，工作中也还会有这样那样的缺点，也还会碰到这样那样的挑战。热情，有三十天没有新的因素出现，它就会变凉。越是在这种情况下，我越有写作的愿望，

△ 1991 年，王蒙在子民堂用电脑写作长篇小说《恋爱的季节》。这是王蒙购置的
第一台 286 电脑，还配置了针式打印机。

△ 2013年9月27日至10月27日，《青春万岁——王蒙文学生涯六十年》展览在北京国家博物馆举办。几十位领导同志、文学艺术家和数万观众观看了展览。

我认为写作以后，这些东西毕竟用一种方式保存了起来。这种方式就是用文字的方式，用语言的方式。它不像其他的方式那么形象，那么直观，那么丰富。譬如说你写这个林黛玉是什么样？你写上三页，五页，十页，这个林黛玉到底是什么样的，你还是说不清楚，你能说清楚吗？可是如果你拿出一张照片呢，可能你就觉得不需要写了！可要是一张照片呢，又产生了一个问题，每个人对这个照片的理解，能抓住重点吗？能真正看到林黛玉的气质吗？能真正为这个气质所感动吗？另外这个实际的林黛玉她过 50 年以后是什么样，她还是当年 50 年前那个样子吗？一切都会发生变化。所以文字是不够直观的，是不够刺激的，是不够活生生的。但是它更长久，更纯洁，更能够表达你的感受。所以我们说文学是语言的艺术，而语言是思维的依靠，这是一个非常复杂的语言学的问题。但是到现在为止，大多数学者，包括语言学者、教育学者、生理学者、心理学者都同意一条，就是人类至少在很大的程度，在绝大多数的程度上是要依靠语言进行思维，没有语言就几乎没有了思维。因为现在有一种观点认为人有裸思维、前思维，就是说你没有用语言，比如你感觉到疼痛，这个和语言无关，你并没有想怎么说，想怎么弄，但你已经感觉疼痛了，你该躲就躲了，你该迎过去就迎过去了。这些我们不管它，但是绝大多数的情况，你的一切思维离不开语言。文学最伟大的地方就在于它是思维的艺术。你欣赏任何艺术，创作任何艺术作品的时候，都没有像创造文学作品、阅读文学作品的时候能保持那样思维的强度。所以你从书上看《红楼梦》，是靠你的思维能力，不同的思维能力，就会有对林黛玉的不同感受，对贾宝玉的不同感受，对王熙凤的不同感受，等等。为什么凡是名著改编成影视作品以后，都让人觉得不很满足，因为拍成了影视作品以后，使人们的那种遐想的东西，反而受到了限制，受到了摧残，贫乏化了。英国人的说法，一千个人眼里有一千个哈姆雷特。莎士比亚写的哈姆雷特，不同的人对他就会有不同的想象。中国的书也是一样，一百个人一千个人对《红楼梦》的感受并不一样。依赖阅读思维的高度发达，你才能很好地理解、感受这部书，才能真正为这部书神魂颠倒，感受万千。所以我们文学虽然不像绘画唱歌在声音上、在形象上那么直观，但它仍然开动人的思维，触动人的记忆，使这个人得到最深的而且是相对永恒的对生活的把握和感受。

那么最后我还想谈一下，文学还同时能够表现出智慧上的极致，人生所碰到的各种问题，在生活里头你不可能圆满地给以答复，但是在文学里头却可通过你的智慧使答复达到极致。这显示了文学永恒的魅力，它永远不受时间的冲击，不受自然界的各种破坏。

我先从湖北的例子说起。来湖北，我常常感慨于一件事情，一件什么事情呢？就是咱们武汉的黄鹤楼，这个黄鹤楼已经不是原址。只能够根据这个古建筑学的研究，根据古人的记载来想象它。这个还有中国的其他一些名楼啊，有些没有破坏，比如说长沙岳阳楼没有破坏，有的是完全破坏了，比如湖北的黄鹤楼、山西的鹳雀楼、南昌的滕王阁。而这最早修复起来的是黄鹤楼。所以我知道黄鹤楼啊它并不是真材实料，他那些大柱子都是洋灰的，外面抹的是漆。那个时候根本不可能用好的木材修这个柱子，而现在就可以。但是黄鹤楼作为一个景点，仍然取得了空前的成功。这个成功不是建筑的成功，而是文学的成功。就因为崔颢有这个："昔人已乘黄鹤去，此地空余黄鹤楼。黄鹤一去不复返，白云千载空悠悠。晴川历历汉阳树，芳草萋萋鹦鹉洲。日暮乡关何处是？烟波江上使人愁。""晴川历历汉阳树，芳草萋萋鹦鹉洲。"这两句话最令我感动。就这里边所表达的对中华大地的那种感情，只有十四个字，历历在目。你登到黄鹤楼上往下一看，你能不爱这块土地？还有李白那两句诗："故人西辞黄鹤楼，烟花三月下扬州。"

所以我就是说文学的某种绝对性，它的重要性，它对人的思维意识的影响超过了建筑，因为黄鹤楼这个建筑到底怎么样？天知道，反正我知道他那个柱子是洋灰的，对，但也不会影响它的门票收入。

这是文学的绝对性。我再举一个文学的绝对性的例子，我也是拍案叫绝。我们知道这个五四以来的作家当中有一个著名作家是台湾的许地山，笔名叫落花生。许地山翻译过一个印度故事《二十夜问》，这个故事非常像那个歌剧《图兰朵》，写的是什么呢？就是一个公主，一个美女公主，一个很严厉的公主，到了那个谈婚论嫁的时候，她就提出来什么条件呢？跟那个《图兰朵》是反过来的。就是你到我这儿，用 20 个夜晚向我提出疑问，提出问题。如果 20 个问题我全都回答上来了，我就不可能嫁给你，而且要把你杀掉。如果在这 20 天有一次你问了一个我无法回答的问题，我就下嫁于你。这个故事比《图兰朵》的那个逻辑性，数学性，绝对性，强多了。他写的是什么呢？一个白马王子。他问的那些问题本身就像屈原的《离骚》一样，东南西北，天上地下，问得漂亮极了。然后这个公主都是四两拨千斤，几句话回答得绝对正确。问了 19 个问题了，马上要问第 20 个问题了。如果他这个问题难不住公主，他就只有灭亡这一条出路。但是就在这个时候，这个白马王子忽然明白了，他认为答案是现成的，答案是不需要思考的，不需要论证的。他说，公主殿下！我只有一个小问题："请问公主殿下，能够难倒您的问题究竟是什么呢？"以子之矛，攻子之盾，这个问题太伟大了。没等他说完，公主已经投入了王子怀抱，把自己给了英明绝配。

《二十夜问》的逻辑与罗素的"理发师悖论"是一致的。理发师宣布，他只给"不给自己理发的人"理发，那么，他能不能给自己理发呢？如果给自己理发，他就是给了一个给自己理发的人理了发。如果他拒绝给自己理发，他就是拒绝给一个不给自己理发的人理发，怎么都不对了。

这样一个文学故事，它表达了是数学的原理，是逻辑的原理，是语言学的原理。它这个原理其实很简单，我告诉各位，就是说，如果你肯定一切，那么你肯定不肯定否定呢，你什么都要肯定，那么否定你要肯定；你肯定了否定等于否定了肯定；你如果说否定了否定，又等于肯定了肯定。

本来到这我讲完了，但是我想说一下中国人头脑的灵活。我再补充一个故事，它表达了人生中的这个价值问题在文学上的表达。这红楼梦里有一段故事，林彪最喜欢读。什么故事呢，就是王夫人那儿有三瓶可能是进口的玫瑰露。玫瑰露是一种浓缩饮料，是贾宝玉挨打受重伤以后，给贾宝玉喝，结果丢了一瓶。为什么丢了一瓶呢？因为赵姨娘看到贾宝玉喝这个玫瑰露，她就闹起来了，因为她的儿子贾环没喝过，于是就让贾环家的丫头彩云，让彩云去通过玉钏，因为彩云和王夫人的贴身丫头玉钏关系好，她跑那去就把这个偷过来了，给了这个贾环喝。王夫人恰好发现丢了一瓶，就让这个王熙凤查。王熙凤当时身体不好，所以当时是三驾马车执政，王熙凤请的是病假，是由探春、宝钗和李纨三个人代行秘书长职权，而这个王熙凤一见这事，她就知道这是赵姨娘的事，但是如果要揭露出赵姨娘来会影响当时的代秘书长探春的面子，所以她就把这个事委托给平儿去处理，去把这事抹过去。平儿一想这种事儿能帮忙的，只有贾宝玉，沾了女孩的事，什么他都愿意管。所以就去找贾宝玉，贾宝玉说这好说，就说是我拿走了，我喝了，王夫人是我亲妈，这有什么关系，我拿走了我拿走了。正是闹得不可开交的时候，这个平儿就开了一个下人的会议，就是服务人员的会议，然后这个平儿说，今天开会，我宣布关于玫瑰露丢失问题的结论。现在二爷已经承认是他拿的，不要乱猜了，不要胡说八道了，到此结束。这时候彩云脸上抹不去，因为毕竟是彩云偷的。彩云就站出来，就跪下了。她说姐姐，请你原谅！是我偷的，再不要埋怨别人污蔑别人了，你现在把我用绳子绑起来，送到王夫人那，要杀要剐，听王夫人的！可这个时候这个平儿很严肃：胡说！我已经宣布过结论了。你敢胡说八道吗？我说的不算？散会！她就是这样处理的。而且林彪在上面还批了，平儿处理问题太好了！我要向平儿学习！这个故事谁看到那，都会说平儿好，我很年轻的时候我看到那，我也觉得平儿是个好人！把这个危机化过去了。而这个事你要让一个德国人看到了，他急的很可能跳楼。因为这德国人你打死他他也不能承认是贾宝玉偷了。哪怕偷了有奖，发国际奖都可以，但是怎么可能是贾宝玉偷的呢？他不懂。所以有些事情上，中国的文学在表达中国人的文化上，也有它非常绝的地方。

其实这类似的故事我也讲过多次。张中行老师讲过这么一个故事：一个县官从那个地方走，碰到两个人打架，他就停下来，县官要管这个本地的事。说你们打什么？这个人就来告状，说四七二十八，这个这哥们非说四七二十七，我跟他说，他跟我争，还抓住我领子不放。县官一听就笑，就问那个认为四七二十七的人，你认为四七等于多少？二十七。我再问你一遍，四七等于多少？二十七。说你是不是确实认为四七二十七？当然是二十七！县官说那很好，无罪，释放。然后把那四七二十八打了十板子。这个四七二十八就说这太不像话了，怎么四七二十八反要打板子呢？这个县官说，他已经认为四七二十七了，这种四七二十七你活活打死他管什么用？是不是？可是你呢？我打你十板子，就是以后你碰到说四七二十七的人，千万别和他讨论。你讨论是你傻。

这个故事实际上是讽刺这些糊涂人。当你碰到有些糊涂人，碰到有些又糊涂又骄傲，听不进任何意见，从来不懂得学习，从来不懂得调整自己的人的话，你就明白了，这个是四七二十七的，随他去吧。所以中国的文学里头除了有上边说的这些以外，还有很多中国式的笑话，也不妨一阅，长长见识。好，今天说到这，谢谢大家！

（根据王蒙先生 2019 年 3 月 16 日在宜昌市图书馆三峡文化讲坛之名家讲坛的讲座整理）

当前时代的诗歌创作

——在电子科技大学的讲座

（2019 年 3 月 17 日）

［法］勒·克莱齐奥

    诗歌创作与语言有关。为什么这么说？因为诗歌（poetry 一词源于古希腊语，意为创造）首先是用词语进行创造。诗歌创作是对语言进行提问。为什么诗人选择这个词，而非那个？诗人为何以此顺序构成诗句的结构？诗人所做的选择，部分是无意识的。是一种本能的表达。有时，这一过程甚至相反：是语言选择了诗人。诗歌这门艺术是物质的，可以与木工抛光木头的手艺，或是陶工在陶轮上拉胚的工艺相比较，是组装整合的手艺。

    首先我们要谈的是一种特殊的诗歌艺术，在中国唐宋时期长期盛行。我们应该考虑将这种艺术称为"古诗"是否合适，因为在那个时代，这种艺术大胆而新颖，没有任何古典主义艺术可以与之媲美。在我们如今的现代社会，更倾向于一种新形式的人文主义，让科学与文学协调一致，因此，对中国诗歌的参照更具有一种特殊的意义。唐朝（618—907）远超两个世纪，其间，诗人利用韵律和文学技巧创造了最蔚为壮观的诗歌盛宴，而诗歌也与其他艺术具有内在关联：首要的关联与抒情艺术相似。这里说的抒情艺术是希腊或罗马早期抒情诗歌，其实诗人也是音乐家，诗歌创作需要乐器（打击乐器或弦乐器）；中国最常见的乐器就是琴，就像在著名绘画作品中看到的，抚琴者不是诗人就是乐师。

诗歌的另一特点，难度更高，是中国文化所特有的，就是诗句所必需的精确的规则。为了达到完美，诗人必需遵守一系列规则，就像下棋一样有繁复的规则。这些规则的存在有几种原因，最明显的原因是为了限制呼吸的自由，在诗歌语言的表达中加入了符合逻辑的规则。

情感、感受和思想在唐诗中均有体现，但是均要符合严格的规则限制。

最主要的两个限制是节奏和韵律。

唐诗（其中绝句是最著名的结构），由固定的音节和诗句构成：四句五言，四句七言，八句五言或八句七言。诗人还要遵守声调的规则。声调共四声，依次为平上去入。后三声均为仄，第一声为平声。如果诗人选择第一声平声，那么所有诗句均要按照平仄规则来。再加上诗句意思上的难点，诗人要在句子中按意思安插对立的意象（情感或联想），在诗歌里构成镜子效应。诗歌中如此规定限制都是空前绝后的。最令人惊讶的是，唐诗可以表达如此丰富的情感、探寻和想象，此前从未有过。唯一可与唐诗创作相提并论的，只有十八世纪德国的巴洛克音乐，比如巴赫的赋格的艺术，或莫扎特超凡的交响乐作曲技艺。诗人李白就具有这种高超技艺，正如他的著名诗歌《独坐敬亭山》向我们展现的，是在规则中达到美的最高体现。

独坐敬亭山

李　白

众鸟高飞尽，

孤云独去闲。

相看两不厌，

只有敬亭山。

创作，这个词对我来说有特殊的意义。

用词语创作，就是将空白填满。法国语言学家、哲学家罗兰·巴特曾经说过，写作是唯一一项只能通过添加文字去抹去内容的活动。当你说话的时候，可以否认自己所说。而你写作的时候则无法否认，只能写更多的内容，重写，表达后悔写下先前的内容。哪怕今天有了现代机器，删除也并不意味着彻底抹去，二进制的内存记忆是无法删除的。用词语创作就是向空白中添加内容，让空白变得不再空白一片。这种创作同时创造当下，让存在具有意义。

　　我对创作的瞬间进行思考，看到的是如虫群般攒动的感觉、冲动、回忆和体验，而且通常是矛盾的。这些都是我身心中萎靡衰弱感、沉重感、心神不宁的感觉（我甚至觉得这种感觉与怀孕相似，尽管只有女性才能真正体会怀孕的感觉，我永远无法体验这种沉重感，沉重感在词源上就是与体重相关的）的来源，均是一切创作的开端。我感觉内心有这么一处地方，有什么在积聚，就在枕骨和后颈之间，迫使我去行动，将我推向可以满足我写作欲望的平面空间。这让我想到被现实主义画家阿尔曼（Arman）称为"物之怒"的东西。那是一种想将情感外化的冲动，一种将词语从身体中排出的需求，让事物出现在我眼前——作品正像一面镜子。

　　另一方面有关灵感，文学作品是创作的主要源泉，在文学作品中，我可以读到最伟大的记忆、体验和感觉。阅读似乎给予我过去，尽管那些过去的要素并不属于我，它们还是替代了我的记忆。事实上，它们并没有抹去我自身的记忆，而是相反，文学的记忆让我自身的记忆成为可能。文学的记忆建立了共同的基础，既快乐又忧伤，在书中摘来的小片段、引用、惯常的形象、常见地点、谚语、始终纠结的意象、情绪化的行动、绝望和失去的幻想、被抹去又在后文出现的地点或人物的名字、歌曲的调子或音乐主题，还有说话声。在法国文学中，有一位诗人因领导超现实主义运动而出名，他在 1937 年写下了《疯狂的爱》，他说灵感就像一个"敲击着窗户的句子……"作家有时的确感觉自己像在被包围的古堡里，正在被不可抵挡的外来的记忆侵袭。

文学常被拿来与神话相较。大多时候，这种比较并不支持后者。神话似乎预先被视为根本上不同的东西，是神圣的、非人的（低于人的）表达，是神秘的声音。的确，神话是集体的，而文学是个人的（小说、诗歌）。尽管如此，神话讲述者所讲的神话，也是非常个人的。每个讲神话的人都以自己的方式讲述，让其在某种程度上成为一种创作。神话被书写下来，也并不能改变神话根本上具有的模糊性。神话只为讲述神话和倾听神话的人存在。一般来说，谈到神话的时候，人会想到非常久远的古代（古希腊、美索不达米亚或中国），仿佛神话是很凄凉的过去的声音，一个死去的声音，只存在于对过去世界的敬畏中，如同神秘的标志刻在冰封的岩石上。

我十分有幸，四十多年前在巴拿马的达里恩丛林，与一群被称为原始民族的人共同生活过。有一个场景让我记忆犹新：有位刚刚三十岁的年轻女人叫做艾尔维拉，曾坐独木舟沿河旅行，以讲述故事和神话为生，她不仅靠说，而且靠唱，声音可以媲美京剧的假声，同时手掌有节奏地拍打前胸。她唱出的是安贝拉民族的神话，热烈而充满激情，将神话与她自己生活的诸多时刻交织起来，有时

△ 2008 年，勒·克莱齐奥在云南民族大学作讲座。

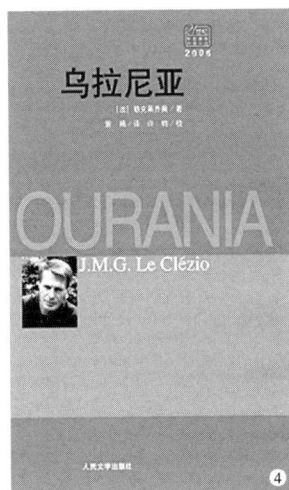

△ 图1 勒·克莱齐奥:《沙漠的女儿》,湖南人民出版社1983年。

图2 《世界文学》1991年第2期封面,右上为2008年诺奖得主勒·克莱齐奥。

图3 勒·克莱齐奥:《诉讼笔录》,上海译文出版社1998年。

图4 勒·克莱齐奥:《乌拉尼亚》,人民文学出版社2008年。

表达她自己的孤独、伤怀，有时又唱起她生命中新出现的爱人，表达她对幸福的憧憬。她所唱之歌的框架是神话，而她也赋予自己的故事以生命，抒发自己的情感。我听着她歌唱（一位友人在身边给我翻译），感觉穿越到古代，到了古希腊行吟诗人，或是中国古代诗人所在的时代。回到一切文学诞生之时。森林之中，在有着黑色竹地板的木屋荫蔽下，夜晚篝火的火光中，被森林之声和扑朔的飞蛾所包围，那种幻象更显惊艳。

创作的时刻正是由这一切构成的：神话与阅读，梦与痴迷，不断起伏的敏感性的巨浪冲破一切，消除了理性和守旧的障碍，当然还有将人类包围的沉默之墙。

如果我们试着分析创作的准备活动，我们会发现语言的节奏。节奏可以是一种韵律，如同唐诗中一样，也可以是二分节奏，按语言学家的说法，是口语所用：一长，两短，或两长。很自然，还有句子的长度，与人的呼吸相同，通常比呼吸稍短。作家也可以寻求不同的节奏，比如乔伊斯或普鲁斯特在小说中所作，但是现实告诉我们：读者（作者）是受到呼吸限制的，就像从不相遇的海波一样。

有人质疑我们当前的时代，超级人工智能机器有时超越人类的能力，当然更可以质疑诗歌创作的重要性，以及书籍的用处！

说实在的，在我们的时代，与科学进步和技术发展相比较，诗歌创作的必要性从未如此之大。因为诗歌创作将我们与神秘的发明相连，与无限的自然相连，因为在我们残酷而困难的时代，诗歌创作能够维持人与世界之间的平衡。

我们经常听人提起"希腊奇迹"（荷马和伯利克里的时代），那时的哲学和政治都一派和谐。我们也可以举"中国奇迹"为例，那是孔子、庄子或墨子（第一个发明暗室的人，让现实再现成为可能）的时代，当然还有离我们更近的唐朝伟大诗人李白、王维、杜甫或李商隐的时代。

我们如今是否进入了新奇迹的时代？我们定然会有所怀疑，因为如今地球上很多地方不公正的状况依旧盛行，血腥的战争仍然存在，更不要说毁灭自然的举动。或许在文学、在教师和翻译家的辛勤劳动和便捷的交流手段帮助下，我们现代的"奇迹时代"会具有新的形式。希望有一天中国诗人的奇迹能够实现：

"读万卷书行万里路！"

（根据 2019 年 3 月 17 日勒·克莱齐奥在电子科技大学的讲座整理而成）

书籍，探索之舟

——在武汉大学 120 周年校庆的演讲

勒·克莱齐奥

（2013 年 11 月 29 日）

按照美国社会学家马歇尔·麦克卢汉的说法，我们是在欧洲文艺复兴时期（15 世纪）进入到一个被其称为"谷腾堡银河系"的时代。谷腾堡是用活字印刷术印刷圣经的第一人。也许正是得益于活字印刷这项新的技术，人类得以从特权者文化时代迈向大众文化时代——即迈向文化的全球化的时代。

首先，请允许我提出一个纯粹虚构的假设（作家总是特别喜欢那些不合逻辑的假设，以此来阐明自己的意图）。现在，让我们来设想一下，设想书籍不存在。设想一下，一千年多前在中国没有发明印刷术，后来在高丽也没有。设想一下，可以大量印刷书籍的活字印刷术没有传到欧洲，没有被谷腾堡采用、完善，并最终举世闻名。

你们或许觉得，这是个荒唐的假设。但是一个没有书籍的世界，在过去的确存在过。埃及人、苏美尔人、印度人、中国人几千年前就有了书写文字。他们在科学上不断发展，研究天文、几何，他们发明数字，有的人还发明了小数和代数。他们推动着伦理科学的发展，撰写了法典。他们提出了普遍哲学的重大问题。然而，这些在各个方面都非常灿烂的文明，当时却未能发明印刷术。文人墨客写的文章、哲学论著和历史著作全都写在纸上或羊皮纸上，用线装订成册，存放在私人图书馆或庙宇中。有人想要阅读，或者初本有可能毁坏时，必须手工抄写副本，得花费数个月的时间，因此这些手抄本非常昂贵。只有极少数的人能有幸读到这些文本。正是因此，古代的这些文化非常脆弱。一有危险，一场飓风、一次大火、一场宫廷叛乱，或者仅仅是书虫和家鼠的啃噬，书籍都会轻易被毁。在希腊、中国或是埃及，古文明的科学和艺术思想时刻都受到时间和恶劣的气候的威胁。这些宝藏如同守财奴的宝贝一般，始终掌握在小部分人手里。无论是东方还是西方，多数人仍处在无知之中，也因此处于专制统治之下。

墨西哥南部的玛雅古文化就是不平等社会最显著的例证。玛雅人的科学发展成果卓越。在恶劣的环境里（气候干旱），他们建立了拥有水利系统的农业，可以养活百万男女，并建造了一座座很大的城市，城里有六十多米高的建筑，可以与我们今日的摩天大楼相比。他们的精确科学达到了非凡的高度。通过观察三个天体，太阳、月亮和金星的运行，他们发明了自己的历法表，其精确度不亚于我们的原子钟——比当时其他大陆上的历法超前很多。

他们的科学和思想被书写记录于纸上，装订成一册又一册，书写文字与中国人发明的表意文字类似。但是这种科学和书写著作都是唯一的，只有少数祭司懂得。在西班牙人登陆墨西哥海岸的四百年前，这个文明早已崩塌，所有科学与之一同消亡。只有少许手稿幸存下来，而西班牙征服者迪戈·德·兰达下令搜查这些手稿，将搜到的手稿全都放在城市的主广场上，烧得一干二净。玛雅文明就这样消失了，因为没有书籍得以留存。

我们的文明是否有所不同呢？如果书籍不存在，我们的文化也会如此脆弱吗？在过去，专制暴政往往攻击文化，因为君主觉得书籍中隐藏着一种令人生畏的权力，书籍的力量确实也比暴君的权力更强大，更恒久。在中国，秦始皇想方设法，要烧毁所有书籍。近代历史上，专制者阿道夫·希特勒想在纽伦堡城里架起柴堆，将他统治下被禁的著作全部焚毁。这种威胁在我们这个时代也并不能幸免，比如前不久我们在马里的通布图市的图书馆洗劫中看到的。战争威胁到的往往不仅仅是人，还有文化，今天我们非常清楚，在伊拉克巴格达市上空的轰炸给世界遗产造成了多大的损失，无数古籍经典和珍贵的艺术品在轰炸中焚毁殆尽。

我们继续假设。如果印刷的书籍不存在，那么我们今天所认识的一切都将不复存在。我们多数人都会成为奴隶，我们会在对科学，甚至是对书写的无知中长大。或许我们会住在封闭的城中，外受敌人威胁，内则受困于荒唐无理的规则，那是一帮高高在上且冷漠无情的权贵所强制的。在我们今天看来构成人之本性的大多数情感都会在奴隶般的生活和绝望中被禁锢而枯亡。对于大多数人来说，艺术尤其会变成遥远的幻影，只是一道模糊而深奥的夺目光彩，如同海市蜃楼。仪式、宗教，甚至惯例习俗都将是无法理解，其中混杂的是可怕的祭献。我们的孩子，将如同古埃及或玛雅人一般，会被抢走，被阉为奴或沦为卖笑女。我们说的语言也不能与我们的主子说的一样，甚至连梦也被大祭司和占星家所控制。我们生，我们死，无由，无名，留不下一丝记忆。我们假设的这番景象也许近乎极端；但是不能忘记，这种景象在十八世纪的奴隶买卖时代是存在的，而且1930年出现的第三帝国想达到的几乎就是这番景象，多亏我们父辈的英勇抗争，第三帝国的企图才未得逞。

现在，我重新再来谈书籍。

书籍或许是我们最珍贵的财富。书籍不仅是过去的见证，

△ 2016 年 11 月 8 日，勒·克莱齐奥在南京大学外国语学院接受专访。右为翻译张璐。

△ 2015 年，勒·克莱齐奥与法国女作家玛丽尼米埃（右）在中国旅游时交谈。（拍摄：陈默）

也是探索之舟，帮助我们更好地理解周围的世界。在阅读《水浒传》和《四世同堂》的时候，我在另一个文化中冒险畅游，发现了不同于自己的真实存在。不过，这样的冒险之旅也是内心的冒险之旅，我从中挖掘出了我内心的中国部分。对他者的认识是不可或缺的财富，正是在接近他者的同时，我们才能认识自我。没有书籍，这样的历险将难以实现，或是不可能实现。

人们往往会思考文化全球化的问题，思索着面对其他国度的文化时如何保护本国文化。对祖国的爱诚然是可敬的情感，对很多作家、艺术家都有所启示。但是借助翻译传播外国书籍，是滋养本国文化的血液，因为每种文化都是相遇与交流的结果，纯粹的文化只能是贫血的文化。塞万提斯、莎士比亚、老子是属于全人类的，只有书籍才能让我们进行探索。这样的文化并不会受到其他文化的威胁，事实完全相反。只了解本国文化的人了解的其实只是这种文化的一部分。因此，在今天看来，书籍在全球化的交流中扮演着核心角色，或许这正是人类最伟大的事业。它的主要目标即是知识的普及。

通过书籍对知识进行普及形成了一种象征：这一象征，便是大学。

与印刷的书籍一样，大学在人类历史上出现很晚。几千年里，教育曾一直存在于书院或宗教学校，旨在培养为强权（大主教、君主、官员）服务的有知识的阶层。教育的出现正值政治体系的转变时期，首先出现的是精确科学和伦理科学。在历史最悲剧性的时刻——比如中国受到日本侵略的时候，大学又是一处避难所，抵抗其他力量，保留文化。正是在大学的怀抱里，自由精神和前人遗留下来的学识幸免于难。大学的独立性给予其抵抗的力量。大学建立在知识的优越性之上，因此必须高于所有政治机构。借助文本的研究与探索，大学创造了真正的人类本质，那是非物质而又真实的技术实体，不受任何外界事件影响。大学教育的价值在于民主化。哪怕是在最艰难的时期，比如欧洲十八世纪的特权时期，或是在那些被帝国主义和殖民主义压迫的国家里，大学依然向所有表现出学习兴趣和渴望知识的男性和女性开放，无论他们出身如何，来自哪个社会阶层。大学并不培养贵族，不保护任何特权。在历史的长河中，大学展现出的是一个追求精神和探索发现的世界，忽略的是个人的富足或名利。

书籍是我们最崇高最自由的部分。就像汉语里所说的，书籍是一片海洋，在书海中航行，读者可以获得乐趣，增长学识。书籍组成的是大学学习中用之不竭的知识的原料。书籍形式多种：可以是科学论文、百科全书、历史文本或文学创作。

书籍无处不在，每种语言都有。通过书籍认识世界如同一场历险。

今天，我们居住在一个复杂、危险的世界里，其中也不乏惊喜。现代，在经历了艰难的考验和血腥的战争之后，我们进入了能够渴望普遍和平的新纪元。对知识的历险与对他者的了解而言，书籍是最好的工具。书本易读，无需电力，方便携带与整理。我们甚至可以把书装在口袋里。书是忠诚的友人，不会欺骗，书被写出来并不是为了让我们幻想一个普世和谐的乌托邦。书向我们打开的是认识他者的大门，其中有优点也有缺陷。书让我们与其他文化的交流得以实现，这正是通向未来和平的关键。

我在开头提起过远古时期，那时，印刷的书籍还不存在。那个时代给我们留下的遗产是一部部非凡的作品，没有这些作品，人类就无法在道德和智力方面有如此的发展。在古希腊，有柏拉图的思想，当然还有索福克勒斯或是欧里庇得斯的伟大的悲剧。在意大利，有蒂托·李维的历史著作和马克·奥里略（奥古斯都大帝）深邃的思想。在印度，有摩诃婆罗多的传说故事、苏摩提婆的故事，《一千零一夜》的灵感正是由此而来。在中国，有道家思想的著作，有孔子的思想。所有这些宝藏穿越了一个又一个漫长的世纪，传到了我们手里，这种传承有时甚至付出了血的代价。大量的书籍或许无可挽回地毁掉了。而在今天，有书，有图书馆，我们终于可以对知识的永久传承充满信心。我们历险的渴望在图书馆藏的书海中得到满足。有了电脑，虚拟书籍的到来为知识的长存再次提供了保障。

但是我们必须时刻警惕。秦始皇和纽伦堡的火堆时刻都有可能死灰复燃。为了避免这一切重演，大学扮演着重要的角色。没有大学滋养和维系的记忆，没有探索所必需的知识，我们会成为精神的孤儿。没有世界性的图书馆的保护（武汉大学是其重要的一员），全人类的未来都会受到威胁。书籍也是知识的血液。没有书籍，像我这样的作家就会失去支撑自己的精神食粮，创作将会失却过去，没有共鸣，作家的笔墨将会如清水般无味。

祝武汉大学永世其芳。

（张璐译　许钧校）

策　　划：辛广伟

特约编辑：梁　彬

责任编辑：刘敬文

责任校对：孟　蕾

图书在版编目（CIP）数据

永远的文学：王蒙　勒·克莱齐奥对谈录 / 王蒙，（法）勒·克莱齐奥 著；
　张璐 译 . —北京：人民出版社，2019.9（2022.4 重印）
ISBN 978 - 7 - 01 - 021310 - 1

I.①永⋯　II.①王⋯②勒⋯③张⋯　III.①文学研究 - 文集
　IV.① 10–53

中国版本图书馆 CIP 数据核字（2019）第 212406 号

永远的文学
YONGYUAN DE WENXUE
——王蒙　勒·克莱齐奥对谈录

人民出版社 出版发行
（100706　北京市东城区隆福寺街 99 号）

北京新华印刷有限公司印刷　新华书店经销

2019 年 9 月第 1 版　2022 年 4 月北京第 2 次印刷
开本：710 毫米 × 1000 毫米 1/16　印张：6　插页：4
字数：45 千字

ISBN 978 - 7 - 01 - 021310 - 1　定价：35.00 元

邮购地址 100706　北京市东城区隆福寺街 99 号
人民东方图书销售中心　电话（010）65250042　65289539